Wrocklage | Geschichten aus dem Café Blue

AF210519

HHW

Hartmuth H. Wrocklage

Geschichten aus dem Café Blue

Hamburg 2024

Redaktion und Realisation:
Ralf Uschkereit

Herstellung und Verlag:
BoD – Books on Demand, Norderstedt
ISBN: 978-3759-7335-97

Inhalt

„Ich will ihn nicht allein lassen." Früher hätte mir das nichts ausgemacht: wir liebten uns so, wie wir lebten, wir waren von der Ewigkeit umgeben. Aber jetzt weiß ich, dass wir nur ein Leben haben, von dem uns nicht mehr viel Zeit bleibt und das von der Zukunft bedroht ist.

Simone de Beauvoir, Les Mandarins

1. Narretei

Träte dieser Clown, der auf dem Plakat lacht, mit seinem breiten, roten Mund lacht, als wolle er die Welt, die er doch liebt, verspotten, träte er heraus aus seinem Litfaßsäulen-Schattendasein hin vor einen der Passanten und fragte ihn, was das sei: Wahrheit – er würde Überraschung ernten, ein Achselzucken, das die lästige Frage abgleiten ließe von den Schultern, ein herablassendes Lächeln, das in den Gesichtern anderer stehen würde, die jede Frage beantworten können; vielleicht aber auch eine hilflose Bewegung, die jemand machen könnte, um zögernd und schwer weiterzugehen, wie alle weitergehen.

Die Augen in dem weißgeschminkten Antlitz des Clowns würden leer werden, leer, als vermöchten sie nicht zu weinen, und ihr dunkler Blick tief von innen würde fortgetragen werden, weit fort, so als suche er einen, der vielleicht noch kommen könne. Dann aber würde er sich umdrehen, der Narr, und gehen, langsam und zaudernd Fuß vor Fuß setzend, so als wolle er zurückgerufen werden. Und die ganze Zeit würde er nicht aufhören zu lachen, zu lachen mit seinem breiten, roten Mund.

Doch da ist einer, der dies alles aus seinem Versteck beobachtet hat, ein Denker oder Dichter vielleicht. Der steht betroffen im Gelächter des Clowns. Auch er würde keine Antwort wissen auf die Frage nach Wahrheit, nichts wissen, obwohl er doch die Blumen blühen sieht, das Kindergeschrei vom Spielplatz hört, ohne sich gestört zu fühlen, und nachts dem Winde nachlauscht, der durch die Zweige der Bäume geht. Ja, obwohl er die romantische Liebe kennt, würde auch er nichts zu sagen wissen auf die Frage des Clowns. Nichts. Auch er nicht, der Unglück, Krankheit, Leid, Krieg und Tod gesehen und erlebt hat, wüsste nicht zu sagen, was Wahrheit ist.

Zuletzt würde auch er einfach weggehen in die farblose Welt des Schweigens, ohne sein Wort dorthin zu richten, wo es keine Hölle gibt und kein Paradies, sondern nur nichts: die Leere eben.

2. Wenn einer sich umdreht

Auch so kann erstaunlicherweise eine echte, innige Liebe beginnen: mit einer allerdings eher skurrile Geschichte, die – gegen alles, was man erwartet – zu einer lebenslang glücklichen Beziehung führt.

Es klingelt. Der Mann steht auf, legt die Zeitung, in der er gelesen hat, auf den Tisch, und geht zur Tür seiner eher ärmlich ausgestatteten Hochhauswohnung. „Ach, du bist es", sagt er, „komm rein." Er geht ohne ein weiteres Wort zurück in sein Wohnzimmer, lässt sich nachlässig in seinen Sessel fallen und wendet sich ungeduldig zum Flur hin, in dem sie offenbar den Mantel auszieht. „Na, endlich", sagt er, als sie erscheint. Er blickt ihr abwartend entgegen.

‚Sie sieht nicht mehr so aus wie früher', denkt er. Sie hat in letzter Zeit ihre Frische und fröhliche Unbefangenheit verloren und viel von dem Charme, der ihn ursprünglich verzaubert hatte. Ihre Augen liegen tief wie in dunklen Höhlen. Ihr Gesicht ist bleich unter einem Puderhauch. – ‚Liebt er sie überhaupt noch? Jedenfalls nicht mehr derart leidenschaftlich wie früher', denkt er. Dabei hat er sich damals nachhaltig in ihr ganzes Wesen, in ihren Liebreiz und ihren Herzenstakt verliebt. ‚Oder könnte es sein, dass er sich geirrt, sich seine Liebe nur eingebildet hat? Schon wahr, Spaß hat es gemacht, sie zu erobern, mit ihr durch die Stadt zu bummeln.' Es ist ihm immer ein Vergnügen gewesen, wenn die Blicke der Passanten sie als ein schönes Paar verfolgt haben. Sie ist hübsch gewesen, hat sich attraktiv anzuziehen gewusst. Sie ist bestimmt auch heute noch eine sehr gute Tänzerin. Sie hat ihn gereizt. Er hat sie haben wollen und hat sie erstaunlich schnell gehabt.

‚Und nun? Empfinde ich das alles immer noch so?' Im Wesen ist sie sich gleich geblieben. Und das ist viel. Aber sonst ist eigentlich nichts Besonderes mehr an ihr. Nicht einmal, dass sie trotz allem gut aussieht. Aber sie hat sich irgendwie verändert. ‚Und überhaupt – ist es nicht an der Zeit, in aller Behutsamkeit gütlich Schluss zu machen mit ihr?‘, fragt er sich. „Setz dich doch", sagt er ein wenig freundlicher. Seine Stimme aber klingt eher gleichgültig, als er fragt: „Was bringt dich zu so ungewohnter Zeit her zu mir? Kann ich etwas für dich tun?"

Nicht wie früher emanzipiert und voll von fröhlichem Selbstbewusstsein, sondern eher schüchtern wie ein junges Mädchen geht sie zu dem andern Sessel und setzt sich ihm gegenüber hin. Ganz vorn auf der Kante sitzt sie, als wolle sie nur einen kurzen Besuch machen und gleich wieder gehen.

„Was ist los?", fragt er.

Sie öffnet den Mund und will etwas sagen.

„Nun sag schon", sein Ton ist sachlich, aber seine Ungeduld ist nicht zu überhören.

Sie öffnet den Mund, ihre Lippen zittern.

„Was ist denn nur?", fragt er nach. ‚Warum sagt sie nichts? Er hat etwas anderes zu tun, als hier nutzlos herumzusitzen und zu warten. Sie sieht wirklich ziemlich elend aus‘, denkt er. Er blickt in ihr Gesicht, in dem angstvoll und groß ihre Augen stehen. Und plötzlich fühlt er eine Art von Mitleid, ja, von Sympathie, die ihn ergreift. Er wundert sich über sich selbst.

„Du", sagt sie, ohne ihn anzusehen.

Er merkt, wie sie sich müht, ihrer Stimme einen festen Halt zu geben.

„Hör mal", sagt sie – und dann kommen ihre Worte erst stoßweise, dann schnell, so etwa als wolle sie sich einer unangenehmen Entschuldigung entledigen. „Ich, ich bin schwanger, ich kriege ein Kind von dir. Wir müssen reden. Und dann entscheiden, was wir wollen." – Jetzt sieht sie ihm plötzlich wie befreit, frei wie früher in die Augen.

„Nein", sagt er tonlos, und ein hilfloses Zucken läuft über sein Gesicht. „Das war nicht abgemacht."

Sie sehen sich direkt an. Eine ganze Zeit blicken sie einander in die Augen. Sie erkennt seine Hilflosigkeit, vergräbt ihr Gesicht in ihren Händen und beginnt zu schluchzen.

Er steht auf, geht zum Fenster, starrt hinaus. Er hat ihr den Rücken zugekehrt. Ihm ist heiß, und er lehnt seine Stirn an das kühle Glas. Die ganze Vergangenheit ihrer jungen Beziehung steht ihm vor Augen. Ihre Hingabefähigkeit, seine Werbung um ihr Vertrauen, die Versprechen, die er ihr für alle Zeit gegeben hat. Und dann wird sein Atem plötzlich ruhig. Die Entscheidung, die sie will, ist eindeutig. Aber sie fällt in ihm wie von allein.

Er tritt vor sie hin, reicht ihr beide Hände und zieht sie hoch an seine Brust. „Wir schaffen das schon", sagt er mit einer Festigkeit und Eindeutigkeit, die ihn selbst überrascht. Er verkneift es sich, ein Oder anzuhängen.

Sie sieht ihn unter Tränen an, dann verzieht sich ihr Mund, es sieht aus wie ein ungläubiges Lächeln. Ganz leise flüstert sie: „Und ich dachte schon, du wolltest mich hängen lassen."

Da zieht er sie ganz fest an sich. Und sagt mit fester und ruhiger Stimme: „Was denkst du denn von mir. Jetzt sind wir doch fast schon eine Familie."

Sie wiegen sich hin und her. Für beide ist es beinahe wie früher.

3. Auf Suche

Vor dem Glas

In der Kneipe trifft ihn schon wieder der Blick des Clowns. Hier lacht er von der Wand neben dem Eingang, aber er tritt nicht aus der Wand heraus. ‚Bleib, wo du bist, verdammter Narr', denkt der Mann ‚was willst du, hat ja doch keinen Zweck.' Und dann weiß er plötzlich nicht, ob er zu dem Clown oder zu sich gesprochen hat.

Er sitzt da, starrt in das leere Glas, das vor ihm auf der blank gescheuerten Tischplatte steht, in dieses widerlich leere Glas. Ihn stört die dumpfe Stumpfheit, die ihn umgibt, das laute Geschwätz, die aufdringiche Schlagermusik aus dem veralteten Musikautomaten, überhaupt der hohe Lärmpegel des Kneipenbetriebs und ganz besonders das selbstgefällige Lachen der Anderen, das von Zeit zu Zeit wie ein Geschwür aufbricht aus dem allgemeinen Stimmengewirr. Und dann meint er auch noch das Geräusch kauender Kinnläden herauszuhören.

Dem Mann wird schlecht. Ein Zwangsgefühl legt sich auf ihn. Er muss sich mit dem ausgetrunkenen Glas da vergleichen, das vor ihm auf der Tischplatte steht wie eine wortlose Aufforderung. ‚Ein ausgetrunkenes, ekelhaft leeres Glas', denkt er, ‚das man in die Ecke stellt, um es irgendwann einmal abzuwaschen.' Und während er das Glas von sich fort stößt, weg von sich, ruft er nach einem neuen Schnaps.

Heiß rinnt der Alkohol durch seine Kehle. Er hebt das leere Glas. „Noch einen Schnaps", ruft er zur Theke. Und wieder fällt der Blick des lachenden Clowns auf ihn. ‚Du bist schuld mit deinen dämlichen Fragen nach Wahrheit und so', denkt der Mann, ‚du hast mir die Stimmung versaut, du alter Clown. Aber total. Was soll das auch? Guck dir doch die Ausbeuter an, die die Welt beherrschen und alles dem Marktwert und dem Geld unterwerfen, sogar die Kultur und die Medien'. „Und noch einen", ruft er, und als er das neue Glas in den Händen hält, prostet er dem Clown zu. „Kotz!", ruft er durch die Kneipe. Einige Leute lachen. „Mann, ist der besoffen", sagt einer zu seinen Kumpeln, und die lachen noch einmal auf.

„Schnauze!", ruft der Mann, und gleich darauf: „Zahlen!"

Auf dem Bahnsteig

Der Mann beobachtet eine Frau und fühlt sich an eigene Abschiede erinnert. Typisch, dieser hochgereckte Arm, die lebhafte Bewegung ihrer Hand, jenes letzte heftige verabschiedende Winken, das immer weiter abebbt und erstirbt; das merkwürdige Zucken, das über ihr Gesicht läuft, ein verirrtes Lächeln, das Tränen zu verbergen sucht. Seltsam und verloren steht ihre Hand noch immer im Raum. Sie blickt einem wehenden Taschentuch nach; dieses tanzt vor dem schmutzigen Braun des ausfahrenden Zuges, ein Weiß, das sich vor bösartig glitzernden Scheiben zu Tode flattert. Sie starrt den sich scheinbar verwirrenden Schienen nach, bis die Ferne leer geworden ist. Dann wendet sie sich abrupt ab und geht.

Ein Vorortzug lärmt vorbei. Ein paar Leute sitzen darin. Seine Augen suchen noch einmal nach der Frau. Er sieht, wie sie auf den Ausgang zugeht. Ihr Schritt wirkt jetzt entschlossen.

Er dreht sich um und blickt auf die Bahnsteiguhr, dann auf seine Armbanduhr. Zeitvergleich. Auf der Anzeigentafel steht zu lesen, dass der Zug nach H., sein Zug, voraussichtlich fünfzig Minuten später eintrifft. ,Zeit noch auf den Bahnhofsvorplatz hinauszugehen und sich die Beine zu vertreten', denkt er. Aber er irrt sich.

So geht es einem, der zu lange in der Kneipe hockt. Die Anzeige ist überholt. Der Anschluss ist verpasst. Es besteht keine Möglichkeit mehr, nach H. zu kommen. Diese Nacht fährt kein Zug mehr. Der Mann wird hier bleiben müssen. Er sieht auf die Uhr. Der große Zeiger zuckt über das weiße Feld, steht über dem Strich an der Zwölf, als gehöre er dazu, und springt doch weiter. Die Zeit ist ein Karussell. ,Ein Fünfziger pro Person', schreit der Kassierer. ,Wer einen Schimmel reitet, gibt Trinkgeld.'

Der Mann nimmt das erstbeste Hotel in Bahnhofsnähe. Das Zimmer ist einfach. Eine trockene Hitze liegt in der Luft, treibt ihm den Schweiß auf die Stirn. Er reißt das Fenster auf: Luft. Er blickt auf den Vorplatz des Bahnhofs. Draußen fällt wieder dieser Schneeregen. Wildes Wirrwarr von Flocken und Regentropfen. Dahinter immer mehr Nacht.

Erstaunlich viele Menschen sind es, die um diese Zeit zum Bahnhof streben oder gerade angekommen sind. Sie wirken wie vom Wind getrieben. Begegnungen sind kaum wahrzunehmen. In dieser Situation wären diese wohl auch belanglos und unnütz. Ihm fällt eine einsame Prostituierte auf Freierfang auf, zu erkennen an ihrem wiegenden Gang, an ihren umherschweifenden, suchenden Blicken, an der Handtasche mit einem überlangen Schulterriemen. Aber in der Hauptsache sieht er dahineilende Passanten mit blass scheinenden Gesichtern unter dem Neonlicht des Vorplatzes. Sie erinnern ihn an unbeschriebene Papierblätter, nein, eher an Konfetti. Ihm fällt eine Konfettiparade in New York ein. Der Präsident hebt die Arme und winkt. Die Menge johlt vor Begeisterung. Aber der Attentäter liegt schon da, Präzisionsgewehr im Anschlag.

Von fern her klagend das Signal eines Zuges. Der Mann tritt in den Raum zurück, wäscht sich die Hände. Während er sich abtrocknet, betrachtet er sein Gesicht im Spiegel: sachlich, unbeteiligt, gleichgültig, aber ohne Gleichmut.

Ohne sich auszuziehen, legt er sich auf das Bett. Noch immer strömt kalte Luft in das Zimmer. Wohltuend kühlt sie seine Stirn, nimmt den Schweiß fort. Aber auch mit geschlossenen Augen spürt er die Nacht hinter dem Fenster, schwarz, anonym, vielleicht traurig. ‚Alle Wege führen ins Nichts. Aber was heißt das schon.'

Ehe er einschlafen kann, denkt der Mann noch: ‚Ich hätte nicht dem Clown mit „Kotz" zuprosten sollen – der kann ja nichts dafür –, sondern besser gleich dem lieben Gott in seiner Nullexistenz. In dieser Domstadt hätte das doch so richtig gut gepasst.' Ein wilder Lachanfall schüttelt ihn. „Also Prost, lieber Gott", sagt er ein wenig vornehmer in den Raum und fällt übergangslos in einen bleiernen Schlaf.

Aufenthalt

Der Mann wacht sehr früh auf. ‚So geht es einem, wenn man zu lange in einer Kneipe hockt', denkt er selbstkritisch. In ihm hämmert der Gedanke: ‚Du hast den Anschluss verpasst. Zu dieser frühen Zeit besteht keine Möglichkeit, rechtzeitig nach H. zu kommen. Auch in den Nachtstunden ist kein Zug mehr gefahren. Er hat diese Nacht zwangsläufig hier bleiben müssen.' Er sieht auf die Wanduhr in seinem Zimmer. Auch da zuckt der große Zeiger ruckhaft weiter wie auf der großen Uhr auf dem Bahnsteig. ‚Alles dreht sich im Kreis.' Er ist ungeduldig, mag nicht mehr auf irgendetwas warten und nimmt sich einen schnellen Mietwagen.

Straße

Es hat zu regnen aufgehört. Die Autobahn ist zu dieser frühen Stunde noch wenig befahren, fast leer. Die Betonpiste liegt sauber und wach vor ihm wie ein breites, blaugraues Band, das sich von selbst immer und immer wieder von neuem vor ihm ausrollt wie eine scheinbar endlos sich öffnende Zukunft.

Der Motor läuft ruhig und gleichmäßig. Der Mann tritt das Gaspedal durch. Das Weiß der Leitlinien rast auf ihn zu wie böse Fetzen Lichts. ‚Du spielst ja verrückt in deiner Ungeduld‘, denkt der Mann und nimmt das Tempo zurück.

Brief aus H.

Während der Fahrt erinnert er sich an eine Begebenheit aus dem vorigen Jahr: an einen Urlaubstag, den er allein angetreten hatte.

Die Vorhänge des Fensters sind nur halb zugezogen, aber der Spalt ist groß genug, um Licht ins Zimmer strömen zu lassen, nicht irgendwelches Licht, sondern das helle, warme Frühlingslicht eines Sonntags im April. Es ist gut, aufzuwachen und einem Tag entgegenzusehen, zu dem man ‚Ja‘ sagen muss: ‚Ja‘ sagen, weil der Himmel, das leugnen auch die schmutzigen Fensterscheiben nicht, ein Versprechen trägt, ein alles offen lassendes Versprechen, das zuversichtlich macht. Die stehen gebliebene alte, schwarz geteerte Telegraphenstange außer Dienst passt dazu als Kontrapunkt. Ihre weißen Isolatoren aus Porzellan wirken im Sonnenlicht wie matt schimmernde Perlen. Manchmal ziehen kleine Wolken aus Silber über den Himmel wie kleine Melancholien. Schwerelos der Gesang einer wohl eines Stars, der sich in seinem Lied verliert. ‚Narr sein, sich der Welt verschreiben, weil man trotz allem das Leben liebt: Das ist nicht die schlechteste Illusion.‘

Der Mann sieht sich durch einen Park gehen. Überall blühen blau, weiß und gelb Krokusse, frohe Farbtupfer im verheißungsvollen Dunkel der erwachenden Natur. Über einer Brücke lehnend, beobachtet er die schweigende Erhabenheit eines Schwanenpaares, das gelassen durch das laute, lustige Geschnäbel des Entengesindels schwebt: stille Würde und laute Jahrmarktsdreistigkeit auf engstem Raum.

Ein Spiegel ist das Wasser, und irgendwann begegnet der Mann dort im Schwarz unter ihm seinem eigenen Gesicht, das blicklos neben dem Himmel schwimmt. Er weiß, dass alles Schicksal Begegnung ist, Begegnung mit anderen, Begegnung mit dem eigenen Selbst. ,Dem Himmel begegnet man, wenn man träumt', denkt er. Solche kleinen Verlorenheiten sind für ihn so etwas wie erlaubte Sünden.

Aber in der Realität und deren Absurditäten kann er keinen Sinn von Sein erkennen – wie denn auch in Ansehung der Ausbeutung von Mensch und Natur durch ,den Menschen', wie angesichts des Unrechts in der Welt, angesichts von Hungersnot, Wassermangel und Epidemien, wie erst recht mit Blick auf die vorsintflutlichen, ja atavistischen Kriege von Autokraten, die selbst aus der Zeit gefallen sind, aber immer noch ihre historisch überholten Großmachtträume und eigene Machtgelüste realisieren wollen; und wie endlich auch im Angesicht der vielen anderen schweren politischen Interessenkonflikte von Staaten und Völkern oder Bevölkerungsgruppen. Diese müssten sich extremistischer Kriminalität erwehren, entziehen sich aber oft einem friedlichen, dabei fairen Interessenausgleich und üben stattdessen aus Zorn und Wut, Angst und Hilflosigkeit selbst Terror aus. Überhaupt fehlt es generell an Wahrhaftigkeit und Freiheitswillen. ,Alternativ' dazu ist in der aktuellen Politik auch noch eine Unterströmung aus Profit- und Machtgier und aus kriminellen Lügen auf dem Weg, sich mit Hilfe der sog. Social Media zu etablieren. Überwiegend sind die Influencer auf ihren eigenen geldwerten Vorteil aus und betreiben damit eine Profitwirtschaft, die resoluten Widerstand im Meinungskampf erfordert. Stattdessen aber herrscht ein weit übertriebener Parteienstreit in aller Öffentlichkeit und teilweise abschreckende Inkompetenz: ein Zuwenig an politischer Führung und ein Zuviel an Blindgängerei.

Das alles spielt sich – kein Wunder – in einer Zeit ab, in der die Menschheit an sich selbst zu ersticken droht, weil der von ihr gemachte Klimawandel die ersten Kipp-Punkte in Richtung auf eine Unumkehrbarkeit zu überschreiten droht oder schon überschritten hat. Verantwortung dafür tragen in allererster Linie die sog. zivilisierten Industriestaaten mit ihren zumeist in Wohlstand lebenden Bevölkerungen. Hier herrscht dennoch eine fast uneingeschränkte Konsummentalität nach dem Prinzip Eigennutz vor, die trotz beachtlicher Proteste außer Kontrolle geraten ist. Es wirkt, als habe ein Elementargeist die Menschheit zum sukzessiven Selbstmord verurteilt.

Ein Spatz fliegt heran und setzt sich auf das Brückengeländer, über das der Mann sich gebeugt hat. Für Spatzen hat er sehr viel übrig: Sie sind so grenzenlos unnütz.

Zu Hause

Nach Rückkehr in sein Haus wühlt er in seinen Papieren. Begegnungen in Worten und Gedankenfetzen, flüchtig hingeworfen wie Wesenloses und doch Teil von ihm. Gedichte, Geschichten von Kobolden und weinenden Königen oder die Tragödien von Expräsidenten, die nicht mehr auf Macht und Einfluss haben verzichten können. Und alles ist wie eine Tanzparty geängstigter Schatten, die ihre schwarzen Ziertänze auf der geschichtlichen Bühne, dieser größten Show des Lebens, aufführen und sich so ganz vergeblich herrlich, ja fast herrschaftlich wichtig nehmen.

Aber auch gute Worte und Sätze tanzen vor seinen Augen. Seine Gedanken kommen nicht zur Ruhe, sie bewegen sich von innen nach außen und wieder zurück. Erinnerungen einerseits an Zauberberge oder an verhexte Erfolge, andererseits vorauseilemde Blicke auf das notwenige Scheitern von Großreichen, Staaten, Bündnissen und nicht zuletzt eines jeden einzelnen Menschen im Leben, spätestens im Augenblick des Todes. Es stimmt schon, was Altmeister Goethe seinen Mephisto sagen lässt: „Alles, was entsteht, ist wert, dass es zugrunde geht."

Von wegen ‚Weltherrschaft irgendeines Gottes', von wegen ‚Vernunft der Geschichte', von wegen ‚ewiges Leben' und dergleichen Wunschbilder. Wann gesteht der Mensch sich endlich ein, dass er in einer für ihn undurchschaubaren Fremde lebt, in der er sich sein ureigenstes Selbst nur schwer, ja, letztlich nicht erklären kann.

Und dennoch, auch daran erinnert er sich, witzigerweise immer in gleichartigen Formulierungen: Es gibt Tage, zu denen man ‚Ja' sagen muss: ‚Ja' sagen, weil der Himmel ein Versprechen zu tragen scheint, ein stummes, alles offen lassendes Versprechen, das mit seinem harmlosen Rauschmittel Hoffnung zuversichtlich macht.

So kommt es, dass für ihn manchmal Wolken, wie aus feinstem Silber gemacht, schwerelos, ja geradezu lässig über das Blau des Himmels segeln wie kleine Melancholien, die von selbst vorbeigehen.

Andere Szenarien gehen ihm durch den Kopf. Erst haben sie sich nicht mehr umarmt, wenn sie sich begegneten, dann haben sie sich kaum mehr die Hand gegeben und sich nur mit unsicheren Blicken gegrüßt, zuletzt sehen sie sich kaum noch an und gehen schließlich aneinander vorbei als wären sie Fremde. Die Erosion einer Beziehung hat sich bei ihnen langsam fortschreitend ereignet wie ein von fremder Hand verhängtes Schicksal. Aber die Verursacher sind sie selbst. Beide.

Schon der Morgen nach dieser selbst verschuldeten Trennung hat anders ausgesehen: ein Morgen ohne Himmel. Ohne Himmel sind auch manche Tage und viele Nächte, wenn du nicht vergessen kannst und aus Erinnerung Sehnsucht wird. In solchen Zeiten wachsen Mauern um dich herum, kalt und abweisend, werden höher und höher. Die Stille um dich herum lässt dich in dir erzittern. Und du wunderst dich, dass alles stumm wird. Selbst die Steine scheinen sich abzuwenden. Deine Träume verkümmern in dieser Öde ohne Begegnung, ohne jedes wirkliche Gespräch, ohne Kommunikation. Hier beginnt das Nichts, wäre das Nichts nicht nur eine nichtige Leere, sondern noch ein Etwas, das unterzugehen hat. Das Nichts aber ist eben nichts – vielleicht ist es zu verstehen nur als ein prozesshafter Vorgang, eine Erosion, die zuerst möglicherweise ganz unbewusst einsetzt, wie eine Trennung ohne wirklichen Abschied: das Absterben vielleicht einer Beziehung, die einmal eine Große Liebe zu werden oder zu sein versprochen hat.

Und dann der Gedanke an Orpheus wie ein Blitz aus dem Unterbewusstsein. Sein Blut scheint zu stocken. Trotzdem, sagt er sich: ‚Nur nichts bedauern, nichts was geschehen ist.‘ – Doch dann überkommt und überwindet ihn die Erinnerung. Hat er nicht den

Augenblick erlebt, der unsterblich macht – erlebt mit ihr? Den Moment, in dem Zeit und Ewigkeit eins sind, zwei Wesen zu einem werden? Hat er nicht diese heilige Selbstvergessenheit durchlebt?

Plötzlich sind alle Bilder da, aneinander gereiht: jener Abend, Wein, funkelnd in Gläsern, ein Lächeln wie ein aufgebrochener Brief, die lange Stille des wortlosen Schweigens, die Begegnung der Augen, die Atempause bewusster und unbewusster Gemeinsamkeit. Die Rückkehr der Sprache in leise geflüsterten Worte. Und irgendwann, in dieser Situation fast eine Selbstverständlichkeit wie aus einem Munde zugleich von beiden gesagt: „Ich liebe dich."

So entstehen Sternstunden – wirkmächtig auch für die Zukunft.

Vielleicht kann es auf unwahrscheinliche Weise auch jetzt noch geschehen. Vielleicht finden sie sich wieder in neuer Gemeinsamtkeit.

Unruhiger Schlaf

Seine Stimme hegt ihre Schmerzen ein. Sie merkt, wie ihre Panikattacke nachlässt. Jetzt kann sie auch den Tee trinken, den er ihr ans Bett gestellt hat. ‚Balsam', denkt sie, ‚kann eine Stimme Balsam sein? Oder ist es gar nicht die Stimme, sondern die Sprache, das Sprechen, die Kommunikation? – Heilkraft der Sprache, die ja auch eine Art Melodie ist, jenseits von Inhalten. Oder stimmt das gar nicht? Ergibt sich die Wirkung erst aus der Kongruenz von Inhalt und Klang?'

Sie merkt, dass sie müde wird. ‚Sprachklang als Therapie? Das wäre ja fast mittelalterliche Esoterik, ein Wunderglaube, der nicht in die Zeit zu passen scheint.'

„Hast du Zuversicht? Glaubst du, dass ich wieder gesund werde?",
fragt sie.

Er nimmt ihre Hand und streichelt sie. – „Klar", sagt er, „gestern
Nacht ist es doch noch sehr viel schlimmer gewesen als heute. Findest du nicht?" Er streicht ihr mit der anderen Hand zärtlich über
die heiße Stirn.

‚Geborgenheit‘, denkt sie. ‚Das ist Geborgenheit in der Sprache und
im Tun. Es hilft mir, jedenfalls hilft es mir jetzt in dieser Situation.
Wie es morgen ist, weiß eh niemand.‘„Die Rosen stehen schön",
sagt sie mit müder Stimme.

„Ja, sieben starke Rosenritter in zartem Rot, die auf dich aufpassen",
antwortet er.

Ihr fällt ein Satz von Rilke ein: „Rose, oh reiner Widerspruch, Lust,
Niemandes Schlaf zu sein unter soviel Lidern." – ‚Dennoch werde
ich schlafen‘, denkt sie, ‚hat er nicht vorhin gesagt, sie könne rennen, so viel sie wolle, irgendwann hole der Schlaf sie doch ein? Der
Körper nehme sich seinen Schlaf?‘

„Achte auf deinen Atem", hört sie wieder seine Stimme, aber diesmal kommt sie von ferne, „achte auf die Kühle, die in dich eindringt mit jedem Atemzug, atme mitten in den Schmerz hinein."

‚Leicht gesagt‘, denkt sie, ‚wenn dich ein solcher Schmerz durchfährt, ist es nicht so einfach.‘ Trotzdem versucht sie, ihren Atem
hinein zu lenken in die heiße Quelle ihres Schmerzes.

Er denkt: ‚Mein Vater hätte noch gesagt, reiß dich zusammen, verdammt nochmal!‘ Aber sein Vater ist lange tot. Und es ist jetzt eine andere Zeit, die selbst ihn milder hat werden lassen. ‚Ich bin jetzt ungefähr in dem Alter, in dem er starb. Eigenartig, dass man sich auch als erwachsener Mensch in der Seele so jung fühlen kann und trotz aller Lebenserfahrung doch auch noch immer irgendwie Kind bleibt und dass die eigenen Kindheitserinnerung sich umso mehr vergegenwärtigt, je älter man wird.'

Und auch sie denkt zurück: an die unmittelbare Nachkriegszeit, an das Leben in den Trümmern zerbombter Häuser. Sie hatten ein Notquartier gesucht und es schließlich auf der anderen Seite des Stromes in einer Scheune im Vordeichgebiet gefunden. Bei Hochflut floss die Elbe durch diese Behausung. Vom Scheunenboden aus hatte sie mit ihren Geschwistern immer ängstlich darauf gewartet, dass das Wasser endlich nicht mehr höher die Leiter hinaufstieg. Angst hat sie gehabt und ist für die Geschwister trotzdem zuversichtlich geblieben, stellvertretend für die Eltern, die jenseits des Flusses an ihren Arbeitsstellen in der Stadt gefangen waren. ‚Diese Angst hat mich nie mehr losgelassen', denkt sie. ‚Im Gegenteil, sie ist eher schlimmer geworden, seit ich von einem gleichaltrigen, in Panik geratenen Mädchen gewürgt worden bin, als ich es aus der Nordsee geholt und damit vor dem Ertrinken gerettet habe'. Jetzt reicht schon jedes Engegefühl im Hals, um in ihr nur schwer beherrschbare Angstgefühle auszulösen. Ein Stein vergisst keinen Schlag. So ist es offenbar auch mit der Seele des Menschen.

Sie fühlte seine Hand in ihrer. Sie weiß, dass er sie versteht. Sie drückt seine Hand ganz wenig und spürt einen leichten Gegendruck. ‚Jetzt bin ich nicht, nie mehr allein', denkt sie noch. Und dann verliert sie sich in einen unruhigen Schlaf.

4. Tamme

Als der Mann sich rasieren will, haben sich seine Barthaare, so als hätte er Preshave genommen, schon von allein aufgerichtet. Oder ist es der Protest seines Lebenswillens wider alle Vernunft?

Tamme, sein bester Freund und zu der Zeit zugleich auch noch sein ganz persönlicher Herrgott in Weiß, der Hohe Priester unter seinen Ärzten, hat ihm am Vortag gesagt: „Hör mal, wir haben uns für unser ganzes Leben lang Ehrlichkeit geschworen, und wir haben uns daran gehalten. Das gilt doch auch jetzt?"

„Gerade jetzt", hat er geantwortet, „was denkst du?"

„Dann kann ich dir nur eines sagen: Ordne deine persönlichen Angelegenheiten. Ich gebe dir noch sechs, allenfalls zwölf Monate. Man weiß zwar nie, aber das ist, was ich dir sagen muss – nach den Regeln ärztlicher Kunst und nach eigenem Ermessen."

Der Mann sieht das ernste, ganz bekümmerte Gesicht seines Freundes. Er kennt jede Sorgenfalte auf dessen Stirn. Der Blick, der ihn trifft, ist unendlich gütig – und endgültig. „Ich helfe dir", sagt Tamme, ihm dabei gerade in die Augen blickend. – Das ist Tamme, wie er leibt und lebt: Klar und wahr und immer menschlich, dabei aufgrund einer Kriegsverletzung selbst in einer Grenzsituation. Im Übrigen aber ist einer seiner Lehrsätze: ‚Hoffnung gibt es immer!'

Der Mann lächelt Tamme an. „Damit mussten wir rechnen", antwortet er. „Ich darf nicht klagen. Ab morgen schaffe ich Ordnung."

Sie geben sich die Hand. Schon die ganze Zeit vorher hat er sich über seine innere Ruhe gewundert. Aber was hätte Zweck gehabt außer Gelassenheit? – Nun, während er sich in seinem Rasierspiegel anblickt, zieht ein selbstironisches Grinsen durch sein Gesicht. ‚Die eigenen Angelegenheiten ordnen‘, denkt er, ‚was für ein richtiger, aber zugleich zynischer Satz. Als wären in dieser Situation die Angelegenheiten noch die eigenen. Als hätte sich nicht alles geändert – dem Grunde nach; ich erlebe hier gerade‘, macht er sich klar, ‚den Beginn des Untergangs meines ureigenen Weltalls. Eine persönliche Götterdämmerung ist angesagt: nicht gerade Flammen und Rauch, wohl aber Schmerz und Leid und dann das Ende mit allem, was sonst noch dazugehört.‘ Dennoch: Er kann sich so groß gar nicht aufregen. Seine Schwester hat immer gesagt: „Die Erde verschluckt uns alle!“, aber auch: „Wenn eine Tür zugeht, geht eine andere auf!“ Und nun ist eben er an der Reihe.

‚Seine Angelegenheiten ordnen.‘ – Ihm fällt nur ein, einen neuen Roman zu schreiben. ‚Ordnung nicht der Vergangenheit, sondern der Gegenwart mit Blick auf die Zukunft. Das wäre doch was: die Sterbenachricht als Aufruf zu einer gedachten, aber von vornherein vergeblichen Gegenrevolution. Vielleicht reicht es aber auch, ein Gedicht zu schreiben. Oder seine beiden Gedichtsbände zusammenzufassen. Oder besser noch die vielen einzelnen Gedichte, die er auf seinem PC versammelt hat, in einer Ausgabe der letzten Hand zu veröffentlichen. Oder eine an sich fertige Erzählung doch noch mit einer Gegengeschichte zu durchwirken, die der stringent erzählten Urgeschichte den Charakter eines komplexen Dramas verleihen könnte. – „Ordne deine Angelegenheiten!‘ Tamme hätte noch den Allerweltsspruch loslassen können: „Ordnung ist das halbe Leben!“ Das wäre doch eine schöne Therapie im Angesicht des Knochenmannes.

Wusste Tamme eigentlich, was er mir da vorgeschlagen hat? Hatte Tamme trotz ihrer lebenslangen Freundschaft wiklich nicht bemerkt, dass er nicht nur ein chaotisches Gefühlsleben wenigstens halbwegs zu beherrschen hat, sondern ein ausgesprochener Messie ist mit einem großen Archiv und noch mehr Zeitungen, die sich keineswegs nur im Arbeits-, Wohn- und Schlafzimmer stapeln, sondern auch noch in einer eigens dafür angemieteten Garage?' Externen hatte er, wenn sie etwas gemerkt hatten, immer gesagt, er bräuchte die Journale für seine Lebenserinnerungen – als wäre er angewiesen auf „das lügenhafte Blatt einer Zeitung" (so Clausewitz). Dass es nicht so ist, hat er spätestens bei Beginn der Niederschrift einer kurzen Geschichte seines Lebens gemerkt, über deren Anfang er allerdings wegen anderer Aktivitäten nicht wesentlich hinaus gekommen ist.

Seine Familie kennt ihn naturgemäß besser. Zum einen sammelt er die Zeitungen, um die Zeit, wenn auch nur zum Schein, in ihrem unerbittlichen Gang wenigstens ‚zeitweise' anzuhalten, um nachträglich das eine oder andere Ereignis und die Kommentare dazu ‚mit Muße' nachlesen zu können – ein Fall von wahnhaftem Zweck in der Zwecklosigkeit, wie er selbst sehr wohl weiß. Zum anderen aber auch, weil er unter dem Zeitdruck, unter dem er ständig gestanden hat, nicht alles auf einmal hat lesen können, was er hätte lesen wollen, insbesondere nicht die oft lesenswerten Feuilletons. Zum dritten, zum vierten ... – ein stilles Bedauern zieht durch seine Seele. Aber das bezieht sich natürlich nicht nur auf die Armada der ungelesenen Zeitungen, sondern auf einer ganz anderen Stufe erst recht auf die Weltliteratur, von der große Teile in Form von antiquarischen Büchern im Zustand des Gelesen-werden-Wollens in seiner Bibliothek stehen.

‚Eigentlich ist es also noch zu früh, den Abgang zu machen', überlegt er. ‚Aber was sollen die jungen Soldaten sagen, die in einem Krieg wie den in Afghanistan gefallen oder verwundet worden sind.

Was sollen die Menschen denken, die sich in einem "gerechten Krieg" gegen Vernichtung und Unterwerfung verteidigen – wie die Ukrainer in den Jahren ab 2022 gegen einen von Russland planmäßig begonnenen Vernichtungskrieg (und dies aufgrund eines aus der Zeit gefallenen imperialen Großmachttraums, der auch die Freiheit und die Sicherheit der EU-Staaten gefährdet). Schlimmstenfalls geht es auch hier weder um das eine noch das andere', meldet sich der Ketzer in ihm, ,sondern um die Durchsetzung der Großraum- und Rohstoffinteressen einer der drei Supermächte und damit letztlich um politische Macht- und Kapitalinteressen, die sie ,mit anderen Mitteln' als Politik, nämlich im Wege des Krieges durchsetzen wollen. Clausewitz lässt grüßen.'

,Und was bedeutet sein individuelles Sterben schon vor dem Hintergrund des islamistischen Terrorismus, der sich in einer fortschreitenden, aber nur vermeintlich progressiven Siegerrolle wähnt?' In der Tat: Die Gefahr von Terroranschlägen nicht nur in Israel und im Nahen Osten, sondern gerade auch in Europa und im eigenen Land ist noch immer virulent. Mit Ausnahme der notwendigen Hilfeleistungen für die Ukraine hätten unsere Abwehrkräfte – als Pendant zu einer aktiven Integrationspolitik – viel früher schon auf das islamistische Problem bei uns und überhaupt in Westeuropa konzentriert werden müssen, statt in fremden Ländern Militäroperationen unter Inkaufnahme von erheblichen humanen, politischen und finanziellen Kollateralschäden durchzufühen, zumal diese ihrerseits Grund genug für neue Feindseligkeiten aller Art geschaffen haben.

Aber was geht ihn das überhaupt noch an? ,Denken, in welchem Zustand auch immer, kann aber ja auch nicht verboten sein', sagt der alte Widerstandsgeist in ihm, und so setzt er seine Gedankengänge fort.

Auch Afghanistan kann auf Dauer nur am eigenen Wesen genesen. Oder könnte eine Reform und Neuausrichtung der Vereinten Nationen helfen? Mit einem politisch handlungsfähigen Sicherheitsrat, einer eigenen Exekutivkraft (vielleicht zunächst einer robusten UNO-Polizei), zumindest jedoch mit einer durchsetzungsfähigen Judikative, die auch Großmächte gegen sich gelten lassen müssen? Aber davon sind wir noch weit, meilenweit entfernt. – ‚Komische Gedanken‘, denkt er dann schon wieder, ‚wo es doch ans eigene Sterben geht.‘ – Aber er kann dann immer noch nicht aufhören mit der Politik.

‚Das Schlimmste ist, dass die Menschheit oder zumindest ihre Repräsentanten, insbesondere die Staatschefs der Supermächte ihre Hauptaufgabe verfehlen, vereint in einem großen Zweckbündnis zumindest auf Zeit unsere Erde in einen friedlichen Zustand zu versetzen, um Gäa, die Erdgöttin, wieder mit der Menschheit zu versöhnen, statt sie mit rücksichtsloser Ausbeutung der Natur und der übermäßigen Belastung des Klimas so tief zu erzürnen, dass sie zurückschlägt und damit das Geschick der Menschheit besiegelt, einfach, indem sie sich der Menschen entledigt.‘

Diese Art von Gedankengänge ermüden ihn nun aber doch, nicht nur oberflächlich, sie führen ihn in eine bleierne Müdigkeit, wie so oft in letzter Zeit – vielleicht ein Zeichen für das Fortschreiten seiner Krankheit. Schläft er nicht ungewollt immer wieder ein, auch bei den unpassendsten Gelegenheiten? Träumt er nicht wiederholt fürchterliche Ereignisse, nicht nur von vergeblichen Rettungsaktionen, problematischen Polizeieinsätzen, sondern zuletzt z.B. auch ganz konkret von einem spiralförmiger Wurm, der aus der Pupille seines linken Auges kriecht: wirklich ein weißlicher Wurm, der seinen Kopf schnell und geschäftig bewegt: mal nach links und nach rechts sieht und wieder zurück, hierhin und dorthin. Er kann den

Wurm weder ausreißen noch zurückdrücken. – Nach diesem Alptraum hat er lange wie erstarrt wach gelegen und ihm ist langsam klargeworden, dass er von seiner eigenen Verwesung geträumt hat. „Wenn ich schon untergehe", sagt er laut, „so nicht mit mir; meine Entscheidung steht fest: ich lasse mich verbrennen."

‚Not yet', denkt er, ‚der Geier auf dem Dach soll mir doch den Buckel runter rutschen.' Der Geier oder, wie er ihn manchmal auch nennt: ‚der Greif', ist bei Tage nur eine Parabolantenne mit ausgreifendem Hackschnabel auf dem roten Dach des quer stehenden Gebäudes im Hinterhof. Er fällt ihm beim Aufwachen öfter mal ins Auge. Aber nachts, wenn das rote Dach sich in eine riesige schwarze Fläche verwandelt, dann hockt da vor einem schwach erhellten Himmel ein riesiger Geier, dessen gieriger Blick sich auf ihn richtet. „Ich kriege dich", sagte dieser Blick, „eher früher als später!" – „Noch lange nicht!", setzte er dagegen, „du Scheißgreif bist im Übrigen ja nur eine ziemlich gewöhnliche Parabolantenne. Leck mich doch!" Aber in seinem Unterbewusstsein west dieser Geier weiter. Er widersteht, indem er ihm Punktum! einen Punkt setzt.

‚Mit welch' irrealen Träumen man sich manchmal beschäftigen kann oder muss', denkt er, ‚obwohl die Realität doch eigentlich schlimm und schwer genug ist. Das gilt auch für die Aufgabe, die eigenen Angelegenheiten in Ordnung zu bringen. Mehr steht nicht auf der Tagesordnung.'

Schließlich hat er frühzeitig gelernt, einen Punkt zu setzen. Er hat darüber sogar einen kleinen Text geschrieben.

5. Einen Punkt setzen

Es waren ausgerechnet und ausschließlich die Punkte, die über die Seite hin- und davonglitten: von oben nach unten und hin und her, sie sprangen nicht, sie glitten, während die Buchstaben und auch die Kommas wie eingemauert stehen blieben. Dies war die Realität, nicht nur einer dieser Träume, von denen der eine zum Beispiel seinen ganzen Körper mit fingernagelgroßen roten juckenden Furunkeln überzog, oder der andere seine kleine, aber seefähige Segelyacht, die startklar am Kai hätte liegen sollen, gekentert präsentiert, mutwillig von einem X-Mann flachgelegt. Dieser X-Mann gehörte offensichtlich zur Pessureorganisation XYZ, die sich auf dic sog. Reichen spezialisiert hatte, dabei aber meist ganz normale Menschen schädigte. Solche Träume haben ihn in letzter Zeit zu häufig irritiert. ‚Aber die sind ja nun hoffentlich bald vorbei‘, denkt er, ‚eine vorgezogene Todesnachricht schafft ja vielleicht Clairevoyance im Sinne von Hellsicht.‘ Er wundert sich über sich selbst: Was einem in einer Ausnahmesituation alles so einfällt. Aber das Wandern der Punkte hört nicht auf. Das nun ist kein Traum. ‚Vielleicht steckt er selbst dahinter oder gar darin, ja, vermutlich darin. Oder ist er gar selbst ein solch' wandernder Punkt im Weltall des Alphabetes geworden oder im Universum der Bücher und Geschichten? Wieso aber wandern die Punkte und nur sie? Ausgerechnet sie, die doch zusammen mit Absätzen die Aufgabe haben, einen Text zu strukturieren, ihn zu stabilisieren, einen Zwischenstopp zu bewirken oder gar eine Denkpause zu ermöglichen oder auch nur eine Ruhepause zuzulassen und letztlich natürlich auch einen Schlusspunkt zu setzen.‘

‚Es sind nicht die Punkte‘, denkt er, ‚mein Kopf macht das, wahrscheinlich spielen die Augen als Außenposten des Gehirns verrückt. Sind diese wandernden Punkte der Anfang von meinem

Ende? – Vielleicht, vielleicht auch das.‘ – Aber dann fällt ihm die strahlende junge Frau ein, die er gestern getroffen und der er aus einer kleinen Patsche geholfen hat und die ihn am Schluss spontan umarmt hat; beinahe hätte er sie an seine Brust gezogen und fast gesagt, sie sei eine reine Lebensfreude für ihn. Er atmet tief durch. ‚Gut, dass wir uns nicht verabredet haben‘, denkt er, ‚entspann‘ dich, atme bewusst, es geht vorbei.‘

Aber es geht nicht vorbei. Er schließt die Augen. Das Zischen in seinem rechten Ohr nimmt einen bösartigen Ton an. Das ist nur das Knalltrauma, das er sich als junger Fähnrich beim scharfen Schuss mit der Panzerfaust zugezogen hat und das sich verstärkt hat, nachdem im inneren Ohr eine langsam wachsende gutartige Geschwulst auf den Hörnerv drückt. Er weiß, dass außerdem der Alterungsprozess eine Rolle spielen kann. ‚Spielen? – Echtes Scheißspiel‘, denkt er, ‚aber wenn die Punkte nun zu laufen beginnen, muss ich selbst eben den Punkt bzw. die Punkte durch einen Bewusstseinsakt befestigen, dem Ganzen sozusagen von mir aus einen Schlusspunkt setzen.‘

Der Satz: ‚Ich setze selbst den Punkt‘, beruhigt ihn ungemein. Erst recht, als ihm einfällt, wie der Satz im Rahmen einer positiven Vorsatzbildung im autogenen Training richtig zu lauten hat: „Ich setze selbst meinen Punkt!“ – Also schlägt er das Buch zu, das er gelesen hat, und legt es zur Seite. Er folgt den Stufen des Autogenen Trainings etwa eine Viertelstunde lang. Dabei setzt er einen Schwerpunkt bei den Atemübungen. Er merkt, dass er gelassener wird und seine Körperwärme auf Temperatur kommt. Nach einem neuen tiefen Atemzug ruft er sich zurück in die Wachheit. Er schlägt das Buch wieder auf. Kein Punkt gleitet mehr über die Seite. Sie stehen, oh Wunder, felsenfest. ‚Na also‘, denkt er, ‚geht doch. Ein Punkt ist eben ein Punkt. Besonders, wenn man ihn selbst setzt: Punktum!‘

6. Michas Weihnacht

Als junger Mann, der gerade seinen Wehrdienst leistet, hat er sich schon einmal auf einer ganz anderen Ebene einen Punkt gesetzt, seinen Glaubenszweifeln nämlich. Und das ist so geschehen:

Sie beten das Vaterunser. Das Murmeln der Stimmen umgibt ihn wie eine Fremde, die aus Kummer gemacht ist: „... der du bist im Himmel. Geheiligt werde dein Name. Dein Reich komme ..." Er fühlt, wie ihm der Schweiß ausbricht und wie seine Handflächen feucht werden. „Dein Wille geschehe... und vergib uns unsere Schuld, wie wir vergeben..." – Er schluckt, er spürt die Überzeugungskraft des Gebetes. Das liegt wohl daran, dass alle laut beten. Doch er ist sich dessen nicht sicher. Und ob ihre Herzen an das glauben, was sie sprechen, das ist noch eine ganz andere Frage.

Er findet es unerträglich, dass der Pfarrer das schreckliche Gasunglück in der Stadt mit vielen Toten – ganze Familien sind durch eine Gasexplosion in einer Hochhaussiedlung ausgelöscht worden – dem weisen Ratschluss eines gütigen Gottes zugeordnet hat, einem Ratschluss, der sich menschlicher Einsicht entziehe. Er kennt die theoretischen Lösungsansätze der Theodizee-Frage, die die Existenz eines „lieben Gottes" auch vor dem Hintergrund trauriger Schicksalsschläge zu rechtfertigen suchen. Aber die haben ihn noch nie überzeugen können. Denn in ihnen wird die Allmacht Gottes zweckbestimmt zugeschnitten nach menschlichem Maß genau wie die göttlichen Potentiale. Die ‚Allmacht' Gottes wird nicht wirklich ernstgenommen, und so laufen diese Argumentationen am Ende auf das hinaus, was die Menschen für sich brauchen: einen gütigen Gott als ewige Vaterfigur. Wenn es aber überhaupt einen allwissenden und allmächtigen Gott gibt, wahrlich, er hätte diese Katastrophe verhindern müssen. ‚Wenn er das jedoch nicht getan hat', denkt er, ,so ist er ein böser, zürnender Gott, ein teuflischer Sadist, mit dem ich nichts zu tun haben will.'

Der Zweifel fällt ihn geradezu gewalttätig an und er merkt, wie sich in ihm etwas nachhaltig verhärtet. Aber kann er, was er hier erlebt – und er ist ehrlich genug, sich einzugestehen, dass der Bibeltext, die alten Lieder und selbst die ansonsten menschliche Predigt des Pfarrers ihn berührt haben – darf er das alles mit dem Wort „Lippenbekenntnis" abtun? Doch kommt es auf den Glauben der anderen überhaupt an? Heißt es nicht, Glaube komme nur aus der Gnade Gottes? „Denn dein ist das Reich und die Kraft und die Herrlichkeit in Ewigkeit ..." – Doch er kann nicht glauben. Er kann es einfach nicht. Ihm ist solche Gnade nicht zuteil geworden. Er will auch keine Gnade von einem bösen Gott.

Da steht er nun aufrecht und aufgereckt in seiner Widerständigkeit, empört und sich empörend und mutterseelenallein inmitten einer ihn eher abstoßenden Gläubigkeit, die, wahrhaftig oder nicht, doch Wärme zu versprechen scheint, steht auf der einsamen Insel seines Unglaubens allein – nicht in der großartig pathetischen Pose der Leute, die mit dem Brustton der Überzeugung sagen: „Wir sind Atheisten, Gott ist tot", sondern ganz ohne Stolz und Hochmut, einfach einsam und unglücklich, aber auch unwillig, eine solch' große und gemeine Ungerechtigkeit mit Religion zu rechtfertigen.

Warum ist er nur hierher gegangen? Er hätte doch wissen müssen, dass er fehl am Platze sein würde. Gewiss, es ist Weihnachten und früher sind sie immer am Heiligen Abend in die Kirche gegangen. Früher. Er denkt an sein Zuhause, an den Augenblick, wenn ihnen die Klingel erlaubt hat, endlich einzutreten in das Weihnachtszimmer, in dem die Kerzen leuchteten. Als Kind hat er immer Herzklopfen gehabt, wenn er den Tannenbaum erblickt hat, die Krippe und die Hirten und die leuchtenden Kerzen. Und wie glücklich sind sie gewesen: Die Mutter sitzt am Klavier und spielt. Sie lächelt und sie hat ihn jedes Mal angesehen bei der einen Strophe, von der sie weiß, dass er sie am liebsten mag. Er erinnerte sich plötzlich und leise und ganz zart erklingt das Lied mit seinem Text wieder in ihm auf: „Zwei Engel sind herein getreten/ kein Auge hat sie kommen sehn/ sie knien am Weihnachtsbaum und beten/ und wenden wieder sich und geh'n." Sein Mund verzieht sich. Diese Erinnerung ist noch immer schmerzlich für ihn. Das ist für ihn fast das Höchste und Schönste am ganzen Weihnachtsfest gewesen, diese eine Strophe und die Kerzen. Selbst die Freude über ein neues Buch von Karl May ist ihm damals nicht so wichtig gewesen wie diese Momente inniger Geborgenheit.

Geborgenheit – Er lauscht dem Wort nach. Vorbei, denkt er, die Zeit des Kinderglaubens ist vorbei. Endgültig. Er sieht wie der Pfarrer die Arme zum Segen hebt und wie sich die Köpfe der Menge senken. Und dann braust die Orgel auf „Oh, du fröhliche ...". Und die Gemeinde singt mit.

Er aber will das nicht mehr.

Er ist alt genug, um zu wissen, dass es für ihn kein Früher mehr geben kann. Lieber ehrlich allein als in Gemeinschaft unehrlich und ungerecht. Die Kälte in ihm wächst zu glasigem Frost. Erkennen diese Menschen denn nicht, dass hinter dem Kind in der Krippe das Kreuz steht, das Leiden, die Verzweiflung des „Mein Gott, mein Gott, warum hast du mich verlassen?"

Kann, darf man an diesem Schmerz und an der Not eines einzelnen Menschen und seiner Verlassenheit in der weltlichen Todeszone vorbeigehen nur weil Weihnachten ist?

Er geht, aber spätestens ab jetzt ohne jeden Willen, an irgendeinen Gott zu glauben. Das freie und wahrhaftige Bekenntnis zu Nichtwissen und Nichtglauben ist für ihn als Mensch besser als falsche Gewissheit, Atheismus ehrlicher als die achselzuckende Position des Zweifels im Agnostizismus.

Punktum!

7. Regen

Die Tür fällt hinter ihm ins Schloss. Er, der sich für diesen Tag aus Gründen, die in seinem Unterbewusstsein auch für ihn selbst verschlossen sind, den Namen Morten gegeben hat, steht allein auf der Straße. Sein Gesicht ist bleich und durchsichtig. Die dunkle Schwermut der durchwachten Nacht scheint sich in seine Augen gesenkt zu haben. Sie blicken nach innen. Er ist müde. Aber die Unerträglichkeit des Raumes und die Begrenztheit da drinnen haben ihn fortgetrieben.

Langsam geht er hinunter Richtung Fluss. Ein unsteter Wind fasst ihn an – Synkope der Mutlosigkeit. Bald wird es regnen. Die schwarzen, entlaubten Eichen greifen in einen Himmel, dessen trostlose Ausweglosigkeit sich auf ihn legt wie eine kaum zu bewältigende Last. Er bleibt stehen. Wohin jetzt, denkt er. Wenn die Heimat, dieses Kaleidoskop aus Erinnerungen und Sehnsucht, nur mehr den Anblick bietet von farbenschillernden Lügen, dann mag man wohl verlorengehen in der Gestaltlosigkeit offener Frage und nicht wissen wohin. Ein schmerzliches Lächeln geht über seine Züge, seine Seele spiegelnd. Er schlägt den Kragen hoch und vergräbt seine Hände in den Taschen seines Mantels. ‚Einen Weg hast du‘, denkt er, und er geht, geht mit dem oft schon versuchten, aber nicht erreichten, wohl auch nicht erreichbaren Ziel, Abschied zu nehmen. Aber er muss dahin, auch wenn es sich wiederum um einen untauglichen Versuch handeln wird.

Morten blickt erneut hinauf in den Himmel, der sich wie namenlose Traurigkeit über die Stadt spannt, eine Traurigkeit, aus blassen, ungeweinten Tränen gemacht. Bald wird es regnen. Während er ausschreitet, denkt er nach. ‚Was ist eigentlich Heimat?‘ Alles ist ja noch da, die Stadt, die Straßen die Menschen – nur sie ist fort, sie ist einfach nicht mehr da, sie fehlt. Er kaut und würgt an etwas herum, das Leere heißen könnte.

Ihm fällt ein, früher einmal jene beneidet zu haben, die ohne Heimat sind. Er hat geglaubt, ihnen stehe die ganze Erde offen, die Welt gehöre ihnen ganz. Aber das stimmt so nicht. Jetzt weiß er es besser. Er weiß es, weil er es so erlebt und dabei gelernt hat, dass ein Heimatgefühl, für ihn jedenfalls, in erster Linie durch die Verbindung zu anderen Menschen entsteht, die man liebt und von denen man selbst auch geliebt wird. Das geschieht in aller Regel in Familienzusammenhängen, aber eben nicht nur.

Auch eine einzige große Liebe kann durch engste Kommunikation auf allen Ebenen ein Zusammengehörigkeitsgefühl entwickeln, das Halt und Heimat schafft. Dafür steht der schöne Ausdruck ‚sich zu Hause fühlen‘ – sprachlich ein untrügliches Zeichen dafür, ‚angekommen‘ zu sein. Heimat – sie entsteht durch den Zusammenhalt mit anderen Menschen, durch gegenseitige wahrhaftige Kommunikation. Wo eine solche Kommunikation nicht möglich ist oder bleibt, geht mit der Liebe und dem gegenseitigen Vertrauen auch jedes Heimatgefühl verloren. ‚Du lebst dann in einer leeren Welt, die sich dir entfremdet, bis sie zu echter Fremde geworden ist‘, denkt er. ‚Du bist im Wortsinne allein und unglücklich in deiner Verlassenheit. Du stehst plötzlich einsam da. Und überall begegnest du Angst, Ablehnung, Fremdheit oder gar Feindseligkeit.‘ – Für Morten ist ihr Fortgang mehr als ein tiefer Einschnitt. Er empfindet eine Aufspaltung, einen existenzieller Bruch seiner inneren Lebensgrundlage, den Einbruch von Fremdheit in seine Seele. Und so fühlt er sich nicht mehr zu Hause, weder in seiner eigenen Haut, noch in der Gesellschaft. Er ist verlorengegangen, er könnte heute zum schrägen, morgen zum räudigen Außenseiter werden. ‚Verdammtes Leben aber auch!‘, denkt er.

Er stockt. ‚Ist die Maßlosigkeit seiner Trauer nicht nur Ausdruck eines krankhaften Gefühlslebens? Der Tod ist doch etwas ganz Natürliches‘, hört er sich tief im Innern mit fremder Stimme sagen, ‚und das gilt doch auch für Verzicht, Entsagung, Trennung, sogar Opfer. Mangelt es ihm an Härte‘, fragt er sich, nur um gleich darauf weiter zu fragen: ‚Aber ist Härte stumpfe Gleichgültigkeit und Rohheit des Herzens? Für mich heißt, hart zu sein anderes, für mich sind Leid und Mitleid natürliche Antworten auf traurige Ereignisse, Antworten aber, die sich nicht in sich selbst erschöpfen, sondern‘ – das hält er sich entgegen – ‚immer auch die Verantwortung zulässt, ja fordert, in der gegebenen Situation das zu tun, was notwendig ist.‘

Morten geht weiter. Trotz des Vernunftappels, den er soeben an sich selbst gerichtet hat, sieht er mit blinden Augen vor sich einen Tag, dessen wirre und verwahrloste Öde sich in ihn hineingräbt, wie es schon die vergangene Nacht getan hat. Und dennoch entgeht ihm nicht, dass der Wind auffrischt und riesige Wolkenfelder über das Land treibt, die von Westen her in eine graue Unendlichkeit ziehen.

Er erinnert sich eines Gespräches, dass er vor nicht allzu langer Zeit mit ihr geführt hat. Sie waren dabei, einen ihrer langen Stadtspaziergänge zu machen. Es hatte zu dämmern angefangen. Sie standen auf einer großen Eisenbrücke und blickten den Gleisen nach, die braun und schmutzig der hereinbrechenden Nacht ent gegenstrebten. – „Steigst du mit mir immer noch in den Zug aus Glas?“, hatte sie ihn gefragt. Er, längst gewöhnt an ihren lyrischen Sprachgebrauch und an ihre Gedichte, hatte sie verstanden und wortlos genickt. Sie schwiegen lange danach. Dann hatte er ihre Hand auf seinem Arm gespürt. – „Ich glaube, wir tun es alle. Alle steigen in den brüchigen Zug, der uns dorthin fährt.“

Sie verstummte und schien nachzudenken. – „Wohin?", hatte er töricht gefragt. Sie hatte ihn mit erstaunten Augen angesehen. – „Wo wir unsere Schlösser gebaut haben, wo unsere Träume ihre Herberge suchen, wo wir endgültig ankommen werden." Er erinnert sich ihrer dunklen Stimme, die damals noch voller Hoffnung gewesen war. Sie hatte gelächelt. „Ich weiß nicht, ob du mich wirklich verstehst, Morten", hört er sie sagen, „aber ich glaube, jeder von uns lebt mit einer Sehnsucht, die ihn treibt oder zieht und sich erfüllen will."

‚Damals haben wir noch von einer Zukunft gesprochen, an die auch ich glauben konnte', grübelt er. Eine maskenhafte Nachdenklichkeit legt sich über sein Gesicht. – ‚Heute fahren keine gläsernen Züge mehr, allenfalls sind geschlossene schwarze Güterwagen unterwegs. Wie Glas birst, so zerschellen alle Träume vor der einen Tatsache des, nein, deines Todes', sagt er tonlos. Eine wilde Traurigkeit steigt in ihm auf, die ihm die Tränen in die Augen treibt. ‚Was bleibt sind zerbrochene Hoffnungen und die Wunden, die solch' ein Ereignis schlägt. Du stehst da und dir ist, als ginge es nicht weiter. Und dann geht es doch weiter – und du gehst weiter, selbst du gehst weiter.'

Aber das Gemeinste, das Ekelhafteste, das, was ihn erbittert, ist, dass man selbst aus dem Tod eines geliebten Menschen noch ein gewisses ‚philosophisches Fazit' ziehen kann. Früher hat er geglaubt, ‚es bestehe eine Art Recht, ja fast ein Anspruch auf den Menschen, den man wirklich von Herzen liebt. Warum? Weil die Liebe einerseits einen fast zwingenden Ruf enthält, andererseits einen Schutzpanzer bildet, weil man sich für den geliebten Menschen vor allen anderen, auch vor sich selbst, verantwortlich fühlt. Würde man wie Orpheus aus Liebe nur die richtige Melodie finden, könnte man auch Tote zurück ins Leben rufen. – ‚Aber das ist nicht wahr', sagt er sich. Er erlebt es ja gerade, dass es nicht wahr ist. ‚Du besitzt nie, niemals einen anderen. Wir können nur eins tun, wir müssen uns jenen, die wir am meisten lieben, jeden Tag neu würdig erweisen, indem wir menschlich zu sein versuchen, zumindest aber wahrhaftig ihnen und uns selbst gegenüber. Das ist es. Aber wer kann das überhaupt, wer tut es?‘

Er überquert die Straße und geht den Weg hinunter, der in eine weitläufige Niederung führt. Er fühlt sich zerschlagen und todmüde. Er fragt sich, ob er eigentlich in ihren Worten denkt. – ‚Es ist ja schon viel‘, hört er ihre Stimme sagen, ‚wenn wir einfach versuchen, human zu sein – trotz allem, was wir an Unglück und Ungerechtigkeit, an Krankheit, Schmerz und Krieg erleben in der Welt, ja, trotz allem.‘ Ihre Stimme ist wie eine ferne Andeutung von Trost, wie ein kleines unsicheres Lächeln im Leid.

Und dann wieder ihre Stimme. – ‚Du fragst, was human ist, aber das fühlst du doch, Morten. Und wer kann schon ein für alle Mal sagen, eine bestimmte Entscheidung sei hier richtig und da falsch – als ob schlichte Menschlichkeit, Nothilfe und erst recht Herzensgüte sich nach abstrakten Grundsätzen ausrichten könnten.‘ Er sieht ihre lächelnden Augen. – „Du, ach du", flüstert er. – Aber sie ist noch nicht fertig. ‚Kommt es nicht immer auf den Augenblick an, Morten, auf die Situation, in die hinein uns gerade und gerade uns hier und jetzt das Leben stellt? Warum willst du immer das Unbedingte, das Absolute, selbst strenges philosophisches Denken wie etwa der kantsche kategorische Imperativ als solcher hat z.B. kein Drittes Reich verhindert; und die Glaubenssätze der russisch-orthodoxen Kirche keinen russisschen Imperialismus. Nein, letztlich kommt es auf den Einzelnen an, auf seine menschliche Haltung und seinen Mut. Normale Politiker würden hier von so etwas wie Humanitätsduselei sprechen. Ich nicht. Ich rede von menschlicher Zivilcourage, die sich – und sei es im Widerstand – gegen Lüge und Unrecht stellt.' – Er ist stehen geblieben und blickt auf. Er steht vor ihrem Grab. Eine eisige Ernüchterung geht durch ihn hindurch. Er ist wie versteinert. Noch einmal wird er überfallen von der Erkenntnis: Tod – Endgültigkeit – Unwiederbringlichkeit. Er steht lange wie in einer nicht enden wollenden Erstarrung. In der Stille, die ihn umgibt, steigen wieder Tränen in seine Augen. Es ist aber diesmal fast wie eine Erlösung.

Sie muss gewusst haben, dass man sich nur in ganz kleinen Schritten, sozusagen von Augenblick zu Augenblick, aus Passivität, Resignation und Selbstreduktion herausarbeiten kann. ‚Hat sie mich heute im Tiefpunkt meiner Trauer zu sich gerufen', fragt er sich. – „Ich liebe dich", flüstert er kaum vernehmbar. – ‚Sag es laut', das ist wieder ihre Stimme: ‚bitte sag es noch einmal laut und deutlich vernehmbar.'– „Du hilfst mir auch jetzt noch", sagt er, diesmal in normaler Stimmlage, „ja, ich liebe dich und werde dich immer lieben." Ein kleines trauriges Lächeln gleitet über sein Gesicht. Dann ist da nur noch tiefer Ernst. Und Schweigen. Und in diesem Schweigen nimmt Morten Abschied. Er weiß, dass dieser Abschied für ihn einen Neubeginn einleitet. In all seiner Trauer wird er zu seiner Verantwortung stehen – treu seiner großen Liebe und ihren Idealen, den Menschen- und Freiheitsrechten verpflichtet, Werten, denen sie in ihren Gedichten eine eigene Sprache und eine vernehmbare Stimme gegeben hatte; treu auch seiner demokratischen Überzeugung. ‚Ich werde sein', denkt er, ‚was wir uns früher nur lachend vorgestellt haben: einer von ehemals zweien, der für menschliche Freiheit steht; und heute, das würde sie bestimmt auch so sehen und sagen, einer, der für wehrhaften Frieden, aktiven Umwelt- und Klimaschutz kämpft, selbst wenn es dafür schon zu spät sein sollte.

Es beginnt zu regnen. Morten geht. Mit jedem Schritt wird sein Gang fester.

8. Eine Art Neuanfang

Der Anfang ist Zufall: fragwürdig und launenhaft. Ein halbes Lächeln im Vorübergehen eigentlich dem eignen Spiegelbild zugedacht. Ein Lächeln, das dennoch spricht. Im Hintergrund grinsend die Komparsen: Schaufensterpuppen bunt gekleidet, dumm. Aber im Glas der Scheibe ereignet sich eine wortlose Begegnung.

Ein erster, echter, gegenseitiger Blick wirkt wie ein vorsichtiger Brückenschlag. Er geht auf sie zu, sagt irgendeinen belanglosen Satz und weiß, dass sie versteht.

Bedarf es immer der Worte? Es ist so einfach. Sie gehören zusammen, so scheint es ihnen einen Moment lang, wie Frage und Antwort. Von nun an gehen sie nicht mehr getrennt, sie begleiten sich durch das laute Leben der Großstadt, spazieren durch stille Abende, über die hin ein leichter Nachtwind streicht. Sie lernen sich näher kennen, bewegen sich aufeinander zu.

Sie meinen, ein kostbares Geheimnis zu erleben, namenlos, weil sie sich scheuen, es zu benennen. Tage und Nächte – und es blühen ihnen Rosen in irgendwelchen Himmelsgärten. Aber immer noch wehren diese beiden Menschen sich dagegen, jeder für sich, von Liebe zu sprechen – aus Furcht, etwas zu zerstören, das erst noch wachsen muss.

So geht es eine ganze Zeit. Dann aber merkt er, dass er sich nicht verändert hat.

Sie liegen am Strand, die Sonne brennt, von weither hört man das Lachen und Rufen der Badenden. Er zeichnet mit den Augen große imaginäre Buchstaben in den Himmel – Namen der Melancholie, die ihn erfasst hat. Und wie aus einem verdrängten Nichts heraus erscheinen ihm wieder die wirren, verlassenen Nächte, in denen er gegraben und gewühlt hat, um jenen Schatz an Erinnerungen zu heben, der tief in seinem Inneren wie unauffindbar liegt.

Das geschieht ihm immer wieder – auch tagsüber nähern sich ihm diese Erinnerungen. Und er überlegt, was er wohl finden wird am Ende: doch nur die Asche eines früher geführten Lebens – oder die strahlenden Farben wirksamer Bilder, die ihn mehr faszinieren als die Gegenwart. Sein Himmel verändert sich, gewinnt eine blaue Tiefe, in die er sich am liebsten stürzen würde.

Sie merkt es ihm an. Aber selbst ihre Augen vermögen ihn nicht zu trösten. Eine Hand, der er sich anvertraut hat, und die ihn zeitweise zu halten scheint, hat sich für ihn geöffnet: Er fällt, stürzt. Zu groß ist der Druck der großen Liebe, die er erlebt und deren Verlust er nicht wirklich verkraftet hat.

Manchmal fragt er sich, ob er selbst überhaupt noch fähig sei zu lieben, zu beglücken und selbst glücklich zu sein. Das sind für ihn verzweifelte Situationen. Und auch ihr Lächeln gefriert dann wie in einem stummen, tödlichen Selbstgespräch. Etwas Unsicheres, Vages zeigt sich in ihren Zügen.

Sie begegnet ihm aber nur umso liebevoller. Doch diese Art tapferer Freundschaft lässt sie beide nur noch deutlicher fühlen, dass sie sich voneinander entfernen. Ihr Blick bleibt empathisch, will ihn verstehen, kann es aber nicht und tröstet ihn nicht. Sie findet keine Worte.

Und er erst recht nicht.

Wie soll er ihr auch erklären, was los ist mit ihm. Eine Art von Kommunikationslosigkeit entsteht zwischen ihnen. Und die Unfähigkeit, miteinander zu sprechen, entfernt sie noch mehr voneinander. Sie entfremden sich zunehmend.

Zuerst versucht er noch, eine Brücke zu finden, indem er sich ihr einfach vermehrt zuwendet. Einmal umarmt er sie und versteckt seinen Kopf an ihrer Schulter, verbirgt auf diese Weise sein Gesicht an ihrem Körper, weil er sie seine eigene Ohnmacht, die auch die ihre ist, nicht spüren lassen will – und erst recht nicht seine eigene Unempfänglichkeit gegenüber jeglichen Zukunftssignalen ihrerseits.

Er ist woanders, ganz weit weg von ihr, hört das ewige Rauschen des Meeres in seiner Seele und die immer sich wiederholenden Schreie der Möwen. Es ist eine fragende Friedlosigkeit, die ihn nach längerer Zeit einer sich scheinbar erfüllenden Sehnsucht anfällt wie eine Krankheit; und diese weckt in ihm neben Furcht eine jede Begegnung fliehende Scheu. Eine unbestimmte Sehnsucht treibt ihn, sich wieder in die Nacht fallen zu lassen, aus der er gekommen ist.

Nicht, dass er sie als Mensch oder gar als Freundin weniger mag und weniger respektiert. Aber ihre jedes Wirrsal, jeden Gegensatz überlächelnde Heiterkeit, die sie ihm vorspielt, wirkt auf ihn letztlich oberflächlich, stellt ihm, ein grausamer Spiegel, das Bild seiner eigenen zerrissenen Seele vor Augen, zeigt ihm, wie verschieden sie sind – für ihn unüberbrückbar.

Der Abschied ist Aufbruch. Er ist das Fanal, das den Beginn eines ungewissen Weges beleuchtet, von dem sie beide nicht zu sagen wissen, wohin er führen, ob er Trennung oder ob er Wiederkehr bedeuten wird. – Sie lassen es offen. Es ist, als sei eine vorläufige

Antwort zerrissen worden, die in der Lebenswirklichkeit nicht hat passen wollen, als stünde statt ihrer groß und geheimnisvoll eine Frage im Raum, die in ihrem verzweifelten, unerkannten Kern die Sehnsucht nach Liebe trägt, die viel mehr ist als bloße Kameradschaft, und viel, viel mehr als Freundschaft, so tief sie auch geworden sein mag.

9. Vom Wachsen eines Pferdefußes

Sein bester Freund, Dr. Tamme, hat sich zum Glück geirrt. Auch wissenschaftliche Hochwahrscheinlichkeiten treffen gerade im Bereich der Medizin nicht immer zu. Er muss nicht sterben. Und so nennt er sich, wie früher schon einmal ‚Schwarzgraf‘, kurz ‚Duke‘, als jemand, der sich selbst überlebt hat. „Gratuliere“, hat Tamme gesagt, „Spontanheilung. Du hast offenbar sieben Leben.“ Und Tamme hat ihn herzlich umarmt.

Als er mit neu geschenktem Leben wieder auf der Straße steht, atmet er erstmal tief durch, dieser Duke; er muss, dialektisch vielleicht verständlich, an die schlimmste Erfahrung zurückdenken, die er in anderen Zeit gemacht hat, genau gesagt, an ein passageres Ereignis, das ihm früher widerfahren ist.

Da geht es um die Zeit, in der ihm ein Pferdefuß gewachsen ist.

Schmerzhaft ist das, sozusagen eine Geburt der anderen Art. Natürlich ist es bei ihm der linke Fuß gewesen. Denn der linke Fuß wächst ja direkt aus dem Herzen oder aus seiner Seele, wer weiß das schon. In seinem Blut jedenfalls spukt aus grauer Vorzeit ein Einhorn herum und manchmal liegt der matte Abglanz eines lichten Gleißens in seinem Blick. Tatsächlich wird sein linker Fuß erst unmerklich, dann fühlbar, später schmerzhaft, ja qualvoll schwer, schwerer, am schwersten. Schließlich, so empfindet er das, entwickelt sein Fußende sich zu so etwas wie einem Klotz aus Knochen. Er nennt ihn Pferdefuß.

In der ersten Zeit, als er beginnt, sein Bein nachzuziehen, denkt der Duke, obwohl er in den besten Mannesjahren ist, ihm zerspringe gleich oder morgen oder spätestens übermorgen sein Herz. Aber ihm geschieht nichts. Seine Krankheit wird schlimmer, als er sie sich je hat vorstellen können. Der Fuß beginnt, sich zu krümmen. Die Zehen ziehen nach innen, graben sich in die Fußsohle, verhärten sich – das ist die Folter –, und sie verhornen. Das ist die erste, erste Linderung; und da erst merkt der Duke, was in ihm vorgeht, was ihm wirklich geschieht: dass ihm ein Klumpfuß, nein, schlimmer, tatsächlich ein Pferdefuß wächst.

Nichts hilft ihm. Kein Arzt, keine Medizin, keine Massage, kein Rat, selbst nicht der Ratschlag einer weisen Frau, zu der er eigens in die Heide gefahren ist. Sie empfiehlt ihm, seinen Fuß mit einer eigens für ihn erstellten Siebenheilkrautsalbe einzubalsamieren, übernimmt aber keinerlei Garantie. Und die Salbe hilft auch nicht. So teuer sie ist, zu nichts ist sie nütze.

Der Duke kann nur verzweifeln oder sich abfinden. Er ahnt schon, was geschehen wird: Pleck – Bang wird er gehen. Und sie werden es merken, alle werden es merken, insbesondere seine hellwachen Kollegen im Rathaus und in der Ratsversammlung: alle werden wissen, von welcher Art er ist. ‚Jetzt werden sie herausfinden, dass er ein Schwarzengel ist, eben ein Duke, eine Art Unterteufel‘, denkt er. Und er wird es dann auch sein, wenn sie schon so denken von ihm, jawohl er wird es im existenzphilosophischen Sinne auch ‚seyn‘ – nämlich seinem Wesen gemäß.

Er grinst schon mal ein bisschen diabolisch, während er das denkt; aber man könnte es auch anders nennen; denn in seinen Augen spiegelt sich ein trauriges, nein, eher ein verzweifeltes Lächeln.

Aber das lässt er nicht für sich gelten. Wenn schon, denn schon oder wie auch immer. In diesem Augenblick zieht wieder ein Hauch seiner alten Frechheit durch seine Seele. ‚Ich werde mich beschlagen lassen', denkt er, ,aber nicht mit einem stinknormalen Hufeisen; ein Silberhuf muss es schon sein.'

Mit dem könnte ich einigen Leuten sehr gut auf den Fuß treten: Pleck – Au! und nochmal Pleck – Aua! Dem konservativen, ewig lächelnden Bürgermeister zum Beispiel, der gegen alle Vernunft die öffentlichen Krankenhäuser privatisiert hat, oder auch anderen jasagenden Quacksalbern, die außer taktischer Parteipolitik nichts gelernt haben und für nichts und niemanden in oder zu einer Sache stehen. Er könnte, damit sie es erst im letzten Augenblick merken, anlassbezogen Sammetsohlen tragen. Die Überraschung wäre perfekt: Bang – Bang würde er ganz normal daher kommen; dann aber: Pleck! – Au! Und nochmal: Pleck! – Auweh! Und während sie laut aufschreien würden, ginge er weiter, als wäre nichts gewesen. „Tschuldigung!" könnte er ja immer noch sagen und betreten gucken. Aber dann würde er jedenfalls weitergehen, als wäre nichts geschehen.

Wenn sie ihn dann irgendwann mal rauswerfen, aber da müsste erstmal der Personalrat zustimmen (und er könnte sich sicherheitshalber vorher auch noch einen Behindertenausweis besorgen, um es ihnen so schwer wie möglich zu machen), wenn sie es aber dennoch wirklich schaffen, ihn aus dem Dienst zu entfernen, dann könnte er seinen Teufelstritt sogar vermieten, Geld machen damit. Er könnte im Auftrag, ggf. vielleicht sogar im Staatsinteresse mit Regierungsvollmacht, zutreten – und warum nur auf den Fuß. Er könnte treten, wen und wohin er will, z.B. vors Schienenbein oder vors Knie, natürlich immer unter Wahrung des Grundsatzes der Verhältnismäßigkeit, wie es das Öffentliche Recht gebietet.

,Ganz schön teuflisch', denkt der Duke, ,hätte ich mir gar nicht zugetraut, scheint so etwas wie eine höllische Selbstgesetzlichkeit zu geben: einen synergetisch sich verstärkenden Gemeinheitseffekt.' Er hat das bei seiner Juristerei immer schon irgendwie vermutet oder gedacht. Aber so ist das Leben eben, wenn man kein Juso mehr ist. Der Satz: „Misstraue denen über dreißig!" ist schon in Ordnung. – ,So richtig teuflisch wird es wohl erst jenseits der fünfzig werden', vermutet er, ,wenn man noch jung, jedoch schon älter und erfahen ist.'

Aber dann fällt s i e ihm plötzlich ein. Was würde sie sagen, wenn er sich auszöge und plötzlich nackt vor ihr stünde mit einem Pferdefuß? Sie, er nennt sie Witchy, weil er ja nun mal ein Duke geworden ist. „Witchy wäre ausgenommen". Er hört sich das sehr laut und sehr bestimmt sagen, natürlich wäre sie von vornherein und für immer und überhaupt ausgenommen. ,Denn sie würde meinen silberbehuften Teufelsfuß in die Hand nehmen, ihn streicheln, ihn liebkosen, ihn wärmen oder sich vielleicht an ihm kühlen – sie würde jedenfalls meine unschuldige Krankheit tolerieren', denkt der Duke, ,und das würde mich tief berühren können, bin eben noch lange kein Luzifer. Solange man aus Liebe Ausnahmen macht (und zwar Ausnahmen ohne Ausnahme), ist man allenfalls so ein gefallener Halbengel, in seiner Ausgestoßenheit vielleicht noch gerade liebenswert, viel mehr aber wohl nicht.' – ,Verdammt', fällt ihm ein, was aber ist, wenn mir nun auch noch ein Pferdeschwanz aus dem Rückgrat wächst, vielleicht einer mit einer richtigen Quaste dran.' Aber diesen Gedanken auch nur zu denken, verbietet er sich. Dann jedoch lacht er auf. Denn er weiß, seine kleine Hexe mit dem weiten Blick, mit der tiefen Seele und dem großen Herzen – sie würde ihn selbst dann noch liebhaben, jedenfalls eine ganze Zeit. Abends bevor er, wenn auch unter Schmerzen einzuschlafen versucht, denkt er noch an sie und sich: Wie es wohl weitergehen könnte mit ihnen. Und ihm fällt ganz spontan der nachfolgende Reim ein:

Wir sind aus gleichem Licht geboren
und stammen aus demselben Feuer.
Wir hatten uns zu lang verloren.
Nun werden wir uns täglich treuer.

Ob dieser nicht sonderlich gute Vers ihn beruhigt hat? Seine Atemzüge jedenfalls werden tief und gleichmäßig.

Da liegt er nun, der Schwarze Duke, mit einem zusätzlichen silbernen Pferdefuß und ohne Herz, das er an seine Witchy verloren hat. Unrettbar liegt er da. Denn sein Herz wird er nie, niemals mehr wiederfinden – noch nicht einmal auf die Suche danach wird er sich begeben. Es fühlt sich sehr gut aufgehoben bei ihr.

Trotzdem fragt er sich in seinem Unterbewusstsein: Ob ein Herz wohl von allein nachwächst? Aber derart weit kann auch ein Duke nicht vorausdenken. So etwas kann man nur erleben. Das Wunderwerk des Körpers könnte auch dafür eine Lösung bereithalten. Die Natur wird es ganz voll allein richten.

Und mit diesem Gedanken schläft der Duke endgültig ein. Er muss sich auch dringend erholen. Denn einfach ist das alles ja auch wirklich nicht für ihn.

Das für ihn unsichtbare Einhorn, das ihn die ganze Zeit durch seine Seelenabgrunde begleitet hat, legt sich nun selbst auch nieder zu seinen Füßen. Es trägt kein silberhelles, sondern ein graues, zerschlissenes Fell. ‚Mann‘, denkt es, ‚harter Dienst hier.‘ Und ihm fallen vor Erschöpfung die Augen zu. Wer aber genau hinsieht, kann den Lichtglanz wahrnehmen, der auch noch aus seinen geschlossenen Lidern dringt. Einhorn bleibt Einhorn, ob mit Silberfell oder in Grau.

10. Nachtjäger

Moriturus te salutat: Dangerous moonlight plus Warschauer Konzert gleich Liebe plus Tod; in Kurzform: WK = L + T. Dabei das Autoradio auf voller Lautstärke, durchgetretenes Gaspedal, Höchstgeschwindigkeit, Einsatz auf Ungewisses. Nach zwei kleinen Schlaganfällen steht nun mit hoher Wahrscheinlichkeit der dritte an. Normale Härte kurz vor Alterseintritt. Für den, den es trifft, aber doch etwas sehr Eigenes. Die Welt erscheint einmaliger. Als sähe man sie zum ersten-, weil zum letzten Mal.

Und nun? Was geschieht im eigenen Auge mit den Menschen, die einem wirklich nahe stehen: mit der Dephinherde der Familie, mit Frau und Kindern? Was mit der Geliebten? Zusammenrücken dort, Distanzierung hier? Ist man selbst nicht unzumutbar als Moriturus? Oder bleibt die Liebe, weil einmalig und vielleicht unwiederholbar, auch dann noch wirksam? Oder wird sie nur noch zu Frust für den anderen, weil ja gleich alles vorbei sein kann?

Liebe und Tod sind die entgegengesetzen Enden derselben Linie. Das weiß er und denkt dabei für seinen Teil an die Kriegsliebe oder besser an die Liebe im Krieg und ab die Nachtjägerei vor dem Einsatz: Realistischer Kampfwille, Sorge, Engegefühle, keine Romantik, vielleicht Eros im Nahbereich des Todes. Und dann hoch in den Wolkenhimmel auf Gedeih oder Verderb gegen den Gegner, der zum Feind geworden ist. „Ran gehen ist alles", das hat schon einer der bekanntesten Jagdflieger im Ersten Weltkrieg, Oswald Boelcke, gewusst. Also, wie es in einem Landsknechtslied heißt: „Spieß voraus, drauf und dran, steckt aufs Klosterdach den roten Hahn"? – Aber wie würde eine solche Eigenperspektive nach erster Anamnese durch ein erfahrenes Weißkittelteam vom inneren Du des oder der anderen aufgenommen? Als Spur von Ernsthaftigkeit oder als

Übermut und Leichtsinn ohne Grenzen? Und was sagt das eigene Gewissen? – Wer kennt sie nicht die existentielle Einsamkeit in Situationen der Grenzerfahrung: z.B. schon, wenn man in den Schleusenraum zum OP-Saal geschoben wird, einzig und allein auf sich selbst verwiesen, um dann in die Hände maskierter Grünlinge zu fallen? Oder irgendwo herumliegt, gemeinen Schmerzen überlassen? "Da musst du durch!" ist hier der letzte Trost. – Oder wenn sich vor dir statt einer noch so ungewissen Zukunft nur noch eine hohe Mauer auftürmt und die Kafka-Katze dir im Nacken sitzt? Trost, wo es keinen Trost mehr gibt? Auch da musst du durch. Ein Nachtjäger würde zu sich und der Maus sagen: ‚Flieh nicht weiter! Wirf dich herum! Sei ein Held und greif' die Katze an. Vielleicht schaffst du es, sie anzuspringen und in die Nase zu beißen. Immer noch besser, als sich einfach nur töten oder auf sadistisch-spielerische Weise totmachen zu lassen.' Hier herrscht eben „dangerous moonlight". – ‚Was aber, wenn die Kräfte nicht mehr reichen zum Sprung? Auch dann. Spring! Sie werden deinen Namen an den Lagerfeuern für immer nennen voller Hochachtung. Spring! Jage den Himmel hinan wie ein Nachtjäger.' – ‚Und was, wenn eine Frau, die du liebst, die dich nun nicht mehr will, weil sie in dir einen „alten Mann" vermutet, der sich verbraucht oder gar überlebt hat? – Nein, sie springe nicht an. Aber kauf ihr den Schneid ab. Leg ein Looping hin. Ein Moriturus ist der bessere Malefizkerl. Besser als alle anderen. Und dann? – Over!' Oder auch nicht. Man wird sehen. Vielleicht gehst du auch in die nächste Kurve. Egal, ob rauf oder runter. ‚Die Chose muss ganz einfach geschaukelt werden' (klarer Fall von Kasinojargon). Diese Chose nun läuft so oder anders, aber immer schneller. – ‚Fang vielleicht am besten noch einmal an: Warschauer Konzert. Vom Flügel in die Jagdmaschine und los!. Wie es sich gehört für einen ordentlichen Nachtjäger.' – Dann aber mitten in der eigenen Seelenwildheit die Stimme des Gewissens: ‚Runter vom Gaspedal, tief durchatmen: tiefer, tief bis auf den Grund!'

11. Notausgang

Und dann das: Er schreckt auf aus totaler Leere. Kein Geräusch. Über ihm die Glaskuppel des Einkaufszentrums, die sich in eine spärlich beleuchtete Nacht schwingt. Er liegt am Fuße der Rolltreppe, die nicht mehr in Betrieb ist. Langsam richtet er sich auf. Mit seinen sich ganz kaputt anfühlenden Knochen zieht er sich an den Laufbändern hoch, bewältigte mit großer Vorsicht die Unregelmäßigkeiten der ersten Stufen und steigt dann behutsam Stufe um Stufe hoch – noch immer mit einem Gefühl elementarer Unsicherheit.

,Ich muss hier raus', denkt er, ,am besten über das Parkdeck.' Von der Treppe aus sieht er oben niemanden mehr. ,Bleib ruhig', sagt er sich, ,bleib ganz ruhig.' Und dann ruft er sich seine persönlichen Slogans in Erinnerung: ,Rangehen ist alles! Wer handelt führt!' Aber auch jetzt hat er nicht das Gefühl, es sei vorbei. Und da hört er auch schon wieder ihr Rufen, das sich zu einem gellenden Schreien steigert: Wie Urschreie hört es sich an für ihn, ja elementare Urschreie nach Liebe oder so. Sie ruft und schreit und er kann nur Bruchstücke verstehen.

,Nach wem sie wohl nun schreit', fragt er sich: nach ihrem Geliebten, nach ihm oder nach sich selbst - er bekommt es nicht mit. Vielleicht schreit sie nach all diesen Figuren.

Und da steht sie plötzlich oben an der Rolltreppe und blickt mit weit offenem Mund herab zu ihm. Und als wäre sie von den schrillen Schreien aufgeweckt, setzt die Treppe sich wieder in Gang.

Er will wie schon zuvor gegen die herunterfahrende Treppe zu ihr nach oben und versucht verzweifelt in immer neuen Anläufen voranzukommen. Aber jedes Mal, wenn er seinen Lauf beschleunigte, fährt die Treppe schneller nach unten. Er gewinnt keine Höhe, so sehr er sich auch anstrengt. Er konzentriert sich, um geradewegs weiter nach oben zu kommen, wo sie steht und schreit. Sie ruft unverständliches Wortzeug, das er immer weniger verstehen kann.

Er müht sich, versucht die Treppe zu überlisten, indem er zwei Stufen auf einmal nimmt. Er ist in Schweiß gebadet. Vor seinen Augen beginnt es zu blitzen, Sterne tanzen da. Aber er will nach oben. Er kämpft gegen die Rolltreppe, die ihr Spiel mit ihm treibt.

,Du schaffst es', sagte er sich, ,du schaffst es, gib nicht auf.' Er merkt, wie er Bleifüße bekommt und seine Beine gefühllos werden. Aber er macht weiter. ,Gib nicht auf, du schaffst es', hämmert er sich immer wieder ein. Und er kämpft und kämpft – und kämpft auch noch, als er weiß, dass er verlieren wird.

Die Luft wird ihm knapp. „Was stehst du da oben", brüllt er. Die Frau, jetzt schweigend, bleibt vor der Treppe stehen wie zum Standbild erstarrt, blickt auf ihn herab, verharrt da unbeweglich, stumm wie das Götzenbild einer unbekannten Göttin, vor der sich sein Schicksal erfüllt. Sie würde seinem Scheitern zusehen, würde zusehen, schamlos zusehen, wie er fällt. „Hau ab", schreit er, „hau doch endlich ab!" Er taumelt, aber er will nicht, dass sie sieht, wie er stürzt. Sie jedoch bleibt wie gebannt stehen, die Augen weit geöffnet mit offenem Mund. Und dann sieht er nur noch die Stufen der Treppe, die Stufen, die auf ihn zurollen, Stufen, die immer größer zu werden scheinen wie übermächtige Wellenkämme einer Sturmflut. Er versucht jetzt nur noch, jede Stufe einzeln für sich wahrzunehmen, sie zu überwinden, es durchzuhalten. Denn einmal muss diese verdammte Treppe doch zum Stehen kommen, von selbst zum Stehen kommen.

Aber sie rollt weiter. Er sieht Stufe auf Stufe in einem endlosen Band gegen sich niederfahren. Nach oben zu kommen, daran denkt er nicht mehr. Er will nur stehen bleiben und die nächste Stufe schaffen. ‚Wenn ich schon drauf gehe, dann will ich aufrecht in den Stiefeln sterben‘, denkt er.

Aber ihm wird schlecht. Der Schweiß, der an ihm herunterläuft, ist jetzt kalter Schweiß. Er wird unsicher, kippt, versucht, sich im Fallen an den Laufbändern festzuhalten. Aber er kann sich nicht halten. Er fällt, stürzt nach vorn auf die Treppe zu, die ihm entgegenfährt, fängt sich gerade noch ab, so dass sein Gesicht von einer Treppenstufe nur leicht geschrammt wird. Aber es gelingt ihm nicht mehr, den Kopf zu heben, um sie noch einmal zu sehen. Er nimmt nur noch die Metallrillen der Treppenstufe wahr, die immer größer und breiter werden. Und das alles geschieht in Zeitlupentempo in seinem Kopf.

‚Die Zeit ist unterbrochen‘, denkt er, während der wilde Tanz der Sterne vor seinen Augen sich in einen immer langsameren Reigen verwandelt, der in einen Stillstand überzugehen scheint, bis einer der Sterne, den ganzen Raum für sich beanspruchend, in unaufhaltsamer Langsamkeit auf ihn zukommt. "Sworn to be true to each other, just as the stars above", fällt ihm ein und absurderweise sieht er genau die Seite des Buches vor sich, auf dem er diesen Satz gelesen hat.

Der Stern vor seinen Augen glühte auf, explodierte in weißem Licht und versinkt dann in seiner Nacht. ‚Auch auf die Sterne ist also auch kein Verlass, du hättest es wissen müssen. Es bleibt dabei: Jeder bereitet sich sein Schicksal selbst.‘

Bei diesem Gedanken entsteht in ihm eine große Stille. Er merkt noch, wie er mit den Füßen an etwas Hartes stößt, über das er geschoben wird. Dann fühlt er nichts mehr außer Stillstand. Und das alles passiert ihm am eigenen Leib. Ausgespuckt von der Rolltreppe liegt er auf deren metallenem Eingangsbereich.

Als er langsam wieder zu sich kommt, ist er eiskalt und wie gerädert. Vorsichtig versucht er, sich aufzurichten. Und als er daran scheitert, robbt und kriecht er zu der nächstgelegenen Betonwand. Dort bleibt er wieder eine längere Zeit liegen, um dann wie aus einem fiebrigen Traum ganz aufzuwachen. Mit heißem Kopf und durchgeschwitzt, beginnt er die Wand nach Mauerfugen abzutasten. Und als er keine findet, lehnt er sich mit dem Rücken gegen die Wand, stemmt sich hoch, dreht sich halb und kommt auf die Knie. Instinktiv wendet er sich ganz um und lehnt sich mit der Stirn gegen den Beton. Seine Stirn nimmt die Kühle der Wand auf wie eine Heilkraft, die aus den Betonplatten zu ihm herüberfließt.

‚Sie ist hier‘, denkt er, ‚ganz nah bei mir.‘ Er meint ihren Herzschlag zu hören, tastet die Betonwand nach ihr ab, sucht sie zu umfassen wie ein Bildhauer, der im Stein die Figur erkennt, die er herausarbeiten will. Aber die Wand lässt sich nicht umfangen. Sie steht hart, kalt und abweisend vor ihm.

Er zwingt sich ruhig zu atmen. Was er hört, ist nur das Hämmern seines eigenen Herzens. Und dann überfällt ihn die Erkenntnis: ‚Sie ist nicht mehr da, sie ist fort. Ich habe sie verloren. Sie ist verloren. Endgültig. Für immer.‘

Mit einer großen Kraftanstrengung stößt er sich von der Wand ab, wankt weiter und macht sich unsicher und zögerlich auf den Weg. Das Schild mit der Aufschrift Notausgang nimmt er nicht wahr.

12. Auf dem Rand

Eine Luftrettung

„Wollen wir uns setzten?" fragt er die aparte Chinesin aus Taiwan,
die ihm das aufmerksame Protokoll der Kanzlei für das jährliche
Kommunikationstreffen als Tischdame zugeteilt hat – natürlich stellt
er die Frage erst nach der Vorstellung und dem üblichen Small Talk.
Und dann, weil sie ihm sehr sympathisch ist, will er beiläufig von
ihr wissen, ob sie einen Flugschein besitze. – „Wir auf Taiwan sind
zwar sehr kämpferisch. Leider muss ich die Frage aber mit einem
Nein beantworten: eine Pilotenlizenz habe ich nicht", lächelt sie ihn
leicht amüsiert an, „warum sollte ich selbst eine Machine fliegen
können?" Darauf erzählt er ihr die folgende kleine Geschichte, die
auf einen so realistischen Traum zurückgeht, dass er manchmal
glaubt, ihn tatsächlich erlebt zu haben.

„Stellen Sie sich vor, durch Höhenangst wie festzementiert, sitze ich
unbeweglich auf dem Rand eines außer Betrieb genommenen Schlo-
tes hoch in der inzwischen fast blauen Luft des Ruhrgebietes in der
Nähe von Dortmund und sehe in komischer Verzweiflung keinen
anderen Weg nach unten als den, mich fallen zu lassen – nicht nach
innen, wenn schon, dann nach außen. Und was tue ich? Ich denke
komischerweise an den Visionär Willy Brandt, meinen Lieblings-
kanzler bis auf den heutigen Tag, und sein wegweisendes Wort
vom ‚blauen Himmel über der Ruhr'. Doch dann überlege ich, wie
ich aus meiner Not herauskomme und versuche mich mit dem Gedanken zu trösten, dass ja vielleicht noch ein Hubschrauber vorbei-
kommt. Aber nach langer Wartezeit ist es ein Sportflugzeug, das
mich in gebührendem Abstand in immer enger werdenden Runden
dreimal umkreist. Beim dritten Mal erkenne ich eine Sportfliegerin
an ihren langen Haaren. Und schon eine Stunde später schwebt ein

Rettungsengel auf mich zu. „Bleib ruhig sitzen, Mann", brüllt er, packt mich fest, zieht mich an sich und klinkt mich mittels eines Gürtels fest ein in die dafür offenbar vorgesehenen Metallösen seiner Rettungsuniform.

Und schon schwebt er mit mir, mich fest an sich gedrückt haltend, nach oben auf den in der Luft stehenden Hubschrauber mit seinen lärmenden Drehflügeln zu. Und ich denke: ‚Was wäre wohl aus mir geworden ohne diese Frau in ihrer Sportmaschine.

Seine Tischdame lächelt ihn unergründlich an. Dann sagt sie, ganz ungewöhnlich für eine Chinesin, auch wenn sie eine Eurasierin zu sein scheint: „Und was ist nun mit mir? Muss ich einen Flugschein machen?"

Er ist von ihrem Charme in Bann geschlagen. Und diese Faszination verstärkt sich noch während des sich anschließenden langen Gesprächs über Taiwan und das Reich der Mitte und den Machtkampf zwischen ihnen.

Aber er ist, auch wenn er jünger aussieht, über 50 Jahre alt, ist glücklich verheiratet und hat zwei Kinder. Und sie, die sich gerade für einen Zweitberuf fortbildet, ist eine Studentin der Volkswirtschaftslehre, wohl erst Ende zwanzig. Dennoch, am Ende des Kommunikationstreffens tauschen sie „für alle Fälle" ihre Adressen und Telefonnummern aus.

Er ringt mit sich und schreibt ihr mit Blick auf den Umstand, dass er ihr im Rahmen ihres Gesprächs erzählt hat, er fühle sich wie auch schon sein großer Bruder seit Jugendzeiten als Bär aus den Wäldern des hohen Nordens, nach drei Tagen einen Brief, in dem er auf einer ganzen Seite seine Gefühle einzig und allein durch die Silbe „brumm" in variablen Worten und Sätzen zum Ausdruck bringt. Mehr mag er nicht sagen, aber auf diese Weise sagt er alles.

Sie versteht den Brief nicht nur, sie ist von ihm in ihrem Herzen berührt. Sie ruft ihn an und sie verabreden und treffen sich in einem kleinen Café in der Innenstadt. Sie wissen beide von ihrem jeweiligen Gegenüber, dass sie einem Menschen begegnet sind, den sie zu einer anderen Zeit in einem andern Kontext hätten lieben, mit dem sie vielleicht sogar ihr Leben hätten teilen können.

Aber in der Realität verbietet sich das. Dagegen sprechen Vernunft, Verantwortung und ein gegenseitiger liebevoller Respekt.

Beide wollen nicht Spielchen spielen miteinander. So bleibt es bei einem zarten Kuss auf ihre Stirn.

Vollendete Gegenwart

Entgegen all ihren guten Vorsätzen treffen sie sich dann doch noch einmal.

Sie sitzen in einer abgeschirmten Ecke ‚ihres' Cafés. Sie haben sich lebhaft unterhalten. Eine Stille entsteht zwischen ihnen. Sie sieht ihn an. Er sieht sie an. Ihre Blicke verfangen sich. Es fällt kein Wort mehr.

Und dann, nach einer ganzen Zeit, beginnt sie zu lächeln. In ihren Augen beginnt es. Ihre Pupillen öffnen sich; und während sie dunkler zu werden scheinen, entwickelt sich aus der Iris ihrer Augen ein leichtes Leuchten, das immer mehr an Kraft gewinnt, bis ihr ganzes Gesicht sich aufhellt. Diese Wirkung verstärkt sich noch, als sich ihr Mund leicht öffnet und eine Reihe schimmernder

Zähne sichtbar werden lässt. Die Lachfältchen in ihren Augenwinkeln vertiefen sich. Und dann geht ein Leuchten über ihr ganzes Gesicht: ein strahlendes Lächeln.

Er, eher ernst gestimmt, kann nicht anders: Er beginnt nun selbst auch zu lächeln. ,Sie hat wunderbar sprechende Augen', denkt er, und: ,Sie hat das Gesicht einer liebenden Frau.'

Sie blicken sich immer noch an. Zwischen ihren Augen entwickelt sich ein Lichtfeld, das in seiner Magie alles andere verdrängt. Beide sagen noch immer kein Wort. Denn in solchen Momenten sind die Worte zu stumpf. Da reden die Blicke miteinander – in jener rätselhaften Sprache gegenseitigen Verstehens, dem Worte nicht mehr gewachsen sind. Es entwickelt sich einer jener Augenblicke, in denen das Leben zugleich unsagbar schön und unsagbar traurig ist: ein Mann und eine Frau, die einander als ein einziges Wesen begreifen könnten, wissen, dass sie zwangsläufig wieder in ihre Vereinzelung zurückfallen werden, weil sie es müssen.

In dieser Situation aber ist nicht nur die Einheit ihrer beider Existenzen hergestellt, sondern darüber hinaus die Einheit der zerrissenen Welt. So, als sei die Schöpfung doch noch gelungen, vollendet im Blick der ineinander versunkenen Augen Liebender – bis unvermeidlich das Trennende wiederkehrt und auseinanderfällt, was eben noch als untrennbar hat gelten wollen.

Schönheit, ihrer eigenen Vergänglichkeit bewusst, wird vollkommen erst durch den tragischen Widerspruch zwischen vollendeter Gegenwart und deren sicherer Endlichkeit. Schönheit und Traurigkeit, die sich in ihrer Wirkung gegenseitig noch verstärken – das ist eine Art Höhenflug des Lebens und seine Tragik zugleich.

Bei dem Glück, sich gefunden zu haben, sich zumindest begegnet zu sein, das in diesen beiden Menschen vorherrscht, steht auch die Schwermut des Demiurgen im Raum, eine Schwermut, die er der Sage nach empfindet, wenn er sein lebendiges Werk als Weltenschöpfer vollendet hat. Denn er weiß ja schon jetzt, dass die eben geschaffene Welt bei der nächsten Zeitenwende wieder untergehen muss. Die Frage nach dem Wann erscheint hier unwesentlich.

Die Menschen in ihrem Reich der schönen Träume denken hingegen, die Liebe dauere für immer von Ewigkeit zu Ewigkeit.

Der Mann legt seine Hände um das Gesicht der Frau. „Komm", sagt er, „lass uns gehen." Draußen trennen sie sich mit einer letzten Umarmung.

Wenn er in späteren Jahren mit einer gewissen Wehmut im Herzen an diesen kleinen großen Flirt denkt, überlegt er, dass diese Geschichte einen treffenderen Titel verdient hat: ‚Von einer unmöglichen Liebe' oder so.

13. Himmelrot

Diesmal ist es nicht das Seelenblau, das sie teilen, sondern ein schimmerndes Abendrot über der Elbmarsch. Und für lange Sekunden nehmen sie gemeinsam den leichten Flügelschlag eines Fischreihers wahr, der sich unmittelbar vor ihnen mit lässiger Eleganz auf einen Tümpel im Schilf sinken lässt. Eine lange Zeit atmen sie in einer stillen Welt friedlicher Innigkeit. Und doch steigen im Norden kalte Farben auf und von Westen fällt in ganz kurzer Zeit mit schweren Schatten der Abend ein. Im Süden ihrer Herzgegend indes regte sich - nein, kein Verlangen, sondern etwas, das wesentlicher ist: das Gefühl der Nähe, der Zusammengehörigkeit zweier freier Menschen.

"Guten Heimflug" wünscht sie, als er sie zu Hause absetzt. Und während er startet, denkt er noch einmal an den letzten Satz, den er gesagt hat, als ihre Lippen die seinen zum Abschied ganz sanft berührt haben: „Du wirst es sein, die mir den ersten wirklichen Kuss gibt." – Noch einmal hört er die gewaltigen Eingangsakkorde des Warschauer Konzerts, dem sie schon auf der Rückfahrt gelauscht haben. Er denkt an die tapferen polnischen Kampfpiloten, die sich in ihrem englischen Exil von fremder Erde aus mit dem Ziel, ihre besetzte Heimat zu befreien, den einfallenden deutschen Bomberverbänden entgegengeworfen haben. ‚Hinauf in den dunklen Abendhimmel zum Kampf', denkt er, ‚auch das ist Nachtjägergeschick. Aufwärts, vielleicht fallen wir eines Tages ja wirklich aufwärts.'

Dann jedoch stehen ihm plötzlich die Flieger der deutschen Luftwaffe vor Augen, die in ihren Maschinen auf Befehl des damaligen Führers und Reichskanzlers und seines verbrecherischen Regimes ebenfalls subjektiv ehrenhaft und tapfer gekämpft haben; und er denkt an die vielen Männer, die getroffen und abgestürzt sind. Er denkt an seinen eigenen Bruder, der in diesem Krieg schwer verwundet worden ist. Eine tiefe Traurigkeit durchzieht sein Gemüt. Wortlos verflucht er die alten und neuen Kriegstreiber. Und unwillkürlich kommt ihm erneut Willy Brandt in den Sinn, der Friedenskanzler und dessen Kniefall in Warschau. Einmal mehr wird ihm klar, welch' großen politischen Wert die Europäische Union für die ehemaligen Feindstaaten und alle heutigen europäischen Nationen und Völker hat – gerade am Anfang des von Krisen geschüttelten zweiten Jahrtausends, in dem sich eine neue Wolfszeit zu entwickeln scheint. Es ist furchtbar, was in Kriegszeiten schon bloße Worte anrichten können: z.B. das absurde Geschwätz des orthodoxen Patriarchen in Moskau von einem metaphysischen Krieg gegen die Ukraine. Nicht aushaltbar und nicht hinnehmbar ist das. Denn dieser Kirchenfürst stellt nationale, nein, nationalistische und institutionelle russische Interessen über Völkerrecht, Menschenrecht und Humanität. Eine darauf gegründete imperialistische Politik darf und kann niemand tolerieren. Wie so ganz anders ist die Nähe, die er eben noch hat fühlen dürfen. Die Welt wäre eine andere, würde gelten, was menschliche Nähe ausmacht.

Müsste die „Allgemeine Erklärung der Menschenrechte", von der Generalversammlung der UN bereits am 10.12.1948 beschlossen, nicht schon längst zu einer rechtsverbindlicher Regelungen mit Bindungswirkung ausgestaltet sein, statt im Ergebnis nur eine politisch-moralische Verpflichtung auszulösen? Müssten kriminelle Politiker, gerade auch die in höchsten Staats- und Regierungsämtern, nicht von UN-Gerichten persönlich zur Verantwortung gezogen werden können – rechtlich und auf dieser Grundlage faktisch? Er als Person protestiert jedenfalls dagegen, dass zwischen Staaten, zumindest unter den Großmächten, noch immer das Macht- und Gewaltprinzip der vergangenen Jahrhunderte gilt. Wie weit, wie lang ist ein gangbarer Weg der Menschheit zu einem wehrhaften Weltfrieden?

14. Lichtkraut

Licht für seine Liebste, Licht, belichtete, durchlichtete Krautgedanken in seinem Kopf für sie. Gebündeltes Licht, das die Adern seines Hirns durchdringt und ausleuchtet. Lichtgeäder in ihm, in dem das Blut wieder schneller und leichter fließt. Von wegen Engpass. Die Strahlung durchflutet ihn – es scheint nicht nur, es leuchtet in ihm. Gleich, wie man's nennt. Es strömt und strömt zurück zu ihr, jetzt ohne Wärmeverlust, durch die Kälte seelischer Nacht. So wirken die Strahlen, die besser Lichtkraut hießen oder Brot der Liebe oder Cuba libre mit Sehnsuchtsakzent. Das alles sind die Gedanken eines Nachtjägers in einer Nacht zum Donnerstag als Folge eines Treffens nach einer, so scheint's, erfolgreichen Strahlentherapie gegen eine Stenose in seinem Gehirn.

In diese Strahlung hüllt er sie ein wie in einen schützenden Mantel. Er stellt sich vor, wie sie sich in ihrem Wohlgefühl reckt und streckt, wie sich die Angst löst in ihr, wie sie sich entspannt, weil das Licht nun auch durch sie hindurchgeht mit seiner Helligkeit, Wärme und Energie. Weit weg ist dann der zerstörerische Sog der Stern-, Stein- und Materiestrudel. Rot ist die Liebe, vielleicht auch ein sich steigerndes Seelenblau. In dieser Farbstrahlung erwacht die Regenbogenfrau des Anfangs und des Endes. Hier herrscht ein Neubeginn in den Spektralfarben der Schöpfung.

Sie haben beide nichts gegen diese Neuschöpfung der Welt und auch nichts gegen die Erfindung eines Wir in ihnen selbst. Es wäre auch gegen dieses Kraut kein Kraut gewachsen. Seine Liebe beginnt nun selbst zu leuchten, sie selbst ist Trägerin von Krautlicht oder Lichtkraut, das sich verstärkt. Ja, selbst ein armer Krauter wie er – immer auf der Jagd in Odins Gefolge – wird erleuchtet von ihr, schafft es plötzlich, auf sich zurückzukommen, zumindest befristet wieder wesentlich zu werden für sich und andere, die lieben wie er – im Rahmen einer Zeit allerdings, die zugleich flieht und doch kurzfristig zurückkehrt als leuchtendes Sternengefunkel im Liebesgeflüster temporärer Nächte.

Er weiß: So entsteht Fremd- und Selbstsuggestion und damit jenes Magnetfeld, das zwei Menschen zueinander, ihn zu ihr, sie zu ihm führt. Denn beide schärfen ihre Blicke, die sie bereit machen füreinander: gleichzeitig, zeitgleich, selbstgesetzlich, autonom, authentisch, in der konstanten Lichtstrahlung einer allerdings vorüberziehenden Zeit – en passant eben trotz aller Ewigkeitsgefühle.

Mitten in diesen unendlichen Farbexplosionen roter, manchmal blauer Lichtkreise ist Hingabe kein Selbstverlust, sondern Befreiung des jeweiligen Ichs im Übergang zum Du des anderen. Eine Berührung, die so leicht erscheinen kann wie die Berührung vertrauter Haut.

Bei den wilden Jagden in der Außen- und Innenwelt nach dem Herzen des anderen wirken die Emotionen Liebender auf diese Weise aufeinander ein. Und dabei schlägt das eigene Herz freier und gelöster. Es ist den Liebenden in diesen Momenten gleich, ob andere das nachvollziehen können oder sie für verrückt halten. Und so verwandelt sich für sie das Schöpfungschaos einen ewigen Augenblick lang in ein innen sich fügendes, gleichwohl irreales Traumgedicht der Einheit zweier Menschen. Davon raubt ihnen niemand auch nur ein Jota.

Nenn' es, wie du willst. Liebe jedenfalls entsteht und entwickelt sich ohne Selbstverlust einzig durch eine Selbstbindung in strahlender Freiheit.

15. On verra

Bei diesem Treffen kommt sie anders auf ihn zu als sonst. Nicht mit ihrem leichten Gang. Nein, sie ist voller Zorn. Und so geht sie auch. Sie stampft mit Beinen und Füßen regelrecht auf. „Was soll das", ruft sie schon von weitem und rennt auf ihn zu. Und als sie vor ihm steht mit wütend funkelnden Augen, da weiß er, dass es getroffen hat, ja, richtig gesessen hat es. Sie setzt erneut an, aber er lässt sie nicht zu Worte kommen. „Nun beruhige dich erstmal", sagt er, „war doch nicht bös' gemeint." – „Nicht bös' gemeint? Du reizt mich bis aufs Blut, provozierst mich, stellst mir ein Ultimatum und sagst dann: „War nicht bös' gemeint? Das ist der Gipfel aller Chuzpe." – „Du weißt doch, dass ich gar nicht so genau verstehe, was Chuzpe für dich ist", antwortet er; außerdem habe ich dich nur gefragt, warum du noch immer nicht mit mir schlafen willst, ich müsse dich haben, sonst..." – „Sonst, was sonst? Sonst schlägst du dich seitwärts in die Büsche oder gabelst dir ein Eskortmädchen auf oder besuchst gar ein Freudenhaus – oder was?" Sie ist noch immer rot vor Zorn.

‚Wenn ich jetzt noch sagen würde, wie süß sie aussieht in ihrer Wut, dreht sie ab', denkt er und schweigt sie an. – „Du, du ...", sagte sie mit erhobener Stimme, aber dann fängt sie sich. Denn sie sagt plötzlich in ruhigem Ton: „Wir müssen reden. Lass uns einen Kaffee trinken gehen."

Sie gehen ins Balzac, nicht wie sonst mit ineinander verschränkten Händen, sondern nebeneinander im Abstand von einigen tausend emotionalen Metern. Beide sagen nichts. Stumm versorgen sie sich. Sie nimmt wie üblich ihren Kaffee; er holt sich seinen Cappuccino. Schweigend finden sie einen Zweiertisch in der äußersten Ecke des Cafés. Wortlos sehen sie sich an.

Dann sagt sie: „Du weißt doch, was mit mir los ist." – „Weiß ich nicht." – „Weißt du doch." – „Nein, sag doch einfach, was dich an meiner Aussage stört. Ich will mit dir ohne jeden Zwang schlafen, das ist doch wohl verständlich, wenn man dich liebt. Oder?" – Aber sie antwortet nicht, sondern verfällt in ein dunkles Schweigen.

Er weiß, was sie denkt. Sie hat von Anfang an von ihrer „überpersonalen Orientierung" in der Liebe gesprochen und später, als sie schon eine längere Zeit zusammen gewesen sind, ins Feld geführt, dass sie ihrem Meister gegenüber loyal sein müsse, weil sie es so abgemacht hätten. „Das ist nur purer Sex, keine Liebe, aber ich fühle mich ihm verpflichtet", erläutert sie. Mit ‚Meister' meint sie einen ‚Maître', ihren Dom. Selbst das hatte er nach einer kritischen Phase mit schwierigen Gesprächen vorläufig auch akzeptiert.

Sie sind auf dieser Basis lange Zeit miteinander umgegangen. Zurückhaltend zunächst und dann wieder in alter Vertrautheit: Sie haben immer wieder miteinander geredet, sich dabei in die Augen geschaut und ihre Blicke dabei immer wieder ineinander versinken lassen. Und mit der Zeit haben sie ihr erotisches Augenspiel immer mehr verfeinert. Sie haben sich geküsst – zart auf die Lippen – mehr nicht. Und dabei hat sich die alte Innigkeit zwischen ihnen wieder eingestellt: eine Zugewandtheit, die für sie beide eine Quelle von Wohlgefühl und Zusammengehörigkeit, von Schwerelosigkeit und Kreativität geworden ist. Und er hat in ihren tief blauen Augen Liebe – zugleich aber immer auch eine gewisse Fremdheit und eine ungläubige Skepsis gesehen. Er hat sie sogar gewarnt: „Du, pass auf", hat er ihr gesagt, „es könnte sein, dass du eines Tages auch mir gegenüber eine Loyalität fühlst. Und dann? Du könntest in einen Zielkonflikt geraten". – „On verra, mon amour, man wird sehen, lassen wir uns überraschen", hat sie darauf geantwortet.

Lange Zeit ist dieses „on verra" die Formel für ihren Verständigungs-
frieden gewesen. Er hat ihren Sexmeister und Dom ertragen wie
sie seine Ehefrau: Toleranz war und ist angesagt zwischen ihnen.
Und außerdem glaubt er an die freie Liebe, die ohne Zwang und
ohne freiwillig ertragene Züchtigung auskommen und letztlich ob-
siegen werde. „Eines blauen Tages", pflegt er zu sagen und meint
damit, dass sie sich ihm eines Tages schenken werde; denn sie weiß
ja, hat er gedacht und denkt es noch immer, dass er sich erst in sie
verliebt hat und dann in eine tiefe Passion geraten ist: Er liebt sie
und will sie. Sie liebt ihn auf ihre Art, vielleicht auf einer geistig-
seelischen Schiene, aber rein körperlich – gegenüber Sex mit ihm
– verschließt sie sich.

Er beginnt zu überlegen: ‚Wie soll er seine Liebe durchbuchstabie-
ren, wenn ihre Schrift für sie unerkennbar bleibt? Wie, wenn sie
deren Textur doch noch erkannt, vielleicht auch in seinen Augen
gelesen und verstanden, ja, sie sogar auch beantwortet hat, aber
seine Liebe gleichwohl nicht, jedenfalls nicht mit Sex erwidern
kann. Nicht erwidern? Er versucht es sich klarzumachen: ‚teilweise
jedenfalls nicht.'

Er versteht sie schon – einerseits; andererseits bleibt sie ihm rätselhaft.
‚Ist sie eine Art Kundry aus dem Sagenkreis von Parzifal mit einer
Sehnsucht nach Liebe im Herzen, zugleich aber fremdbestimmt, der
Herrschaft eines anderen unterworfen? Einer Herrschaft, die sie
von sich selbst entfremdet hat?' Für ihn ist eine von ihr freiwillig
eingegangene Abhängigkeit anders als Zwang keine schreckliche,
wohl aber eine kaum durchschaubare und daher nicht überzeugende Konstellation.

Dass sie eine Frau mit mindestens zwei Seelenschichten ist, das
weiß er, das hat ihn auch von Anfang an fasziniert an ihr. ‚Aber

können diese beiden Schichten', fragt er sich, ,nicht zumindest insoweit teil- und zeitweise zur Deckung kommen oder gebracht werden, als sie sich a u c h ihm und seiner freien Liebe würde hingeben können?' Er hat sie gelassen und sie die ganze Zeit nicht unter Druck gesetzt. Und nun ist seine einfache Frage bei ihr wohl wie ein Zwang in Richtung auf eine Entweder-Oder-Entscheidung angekommen. Mehr ist nicht geschehen. ,Und nun gleich dieser Zornesausbruch?'

Sie sehen sich an. Ihre Blicke durchdringen sich. ,Kein Sex würde je diesen Grad an Intimität erreichen', denkt er. In ihren Blicken gehen sie ineinander auf. ,Aber wieso dann noch diese Grenzziehung zwischen Erotik und Sex? Will sie für sich einen Freiraum totaler, schamfreier Hingabe erhalten, einen Raum von Freiheit für reinen Sex?' Das könnte er noch verstehen. ,Aber wie kann ich sie dazu bringen zu reden, sich zu erklären, ohne in den Verdacht von Voyeurismus oder Pression zu geraten? Oder will sie – andere Alternative – ohne lange Fragen und Skrupel einfach nur genommen werden, eventuell auch von mir? Oder kann sie ihre Libido nur unter Zwang und Züchtigung genießen? Soll ich meine Selbstachtung, die auch in der Wahrung ihrer Freiheit als Freiheit einer „Anderen", besteht, zum Opfer bringen?' Er kann ihre Unantastbarkeit nicht brechen, wenn sie Sex mit ihm eindeutig und absolut ablehnt. ,Will sie aber vielleicht genau das – zumindest spielerisch?' Er selbst, will, kann und darf das nicht.

Sie sieht ihn nun ihrerseits mit schimmernden Augen an. Er kann ihren Blick wiederum nicht entziffern. ,On verra', sagt er nun zu sich selbst, ,wait and see'. Er legt seine Hand auf die ihre und sagt nur: „Komm, vielleicht erst eines blauen Tages oder nie."

Er ist, was sie angeht, aber noch immer im Unklaren und will die Zusammenhänge tiefer verstehen. Soll er sich selbst mit der Formel ‚On verra' auf ungewisse Zeit ohne eine Klarsicht vertrösten lassen? Wäre das nicht so, als würde er sich selbst etwas vormachen? Eine solche Scheinheiligkeit sich selbst gegenüber ist ihm im tiefsten Herzensgrund zuwider. Er will Klarheit. Also nimmt er Nachhilfeunterricht, um sich und seine Situation besser zu verstehen. Dabei will er daraus keine Geheimsache machen, sondern sie selbstverständlich informieren, wenn er ganz eigenständig weiterführende Erkenntnisse gesammelt hat.

Bei ihrem nächsten Treffen sagt er also: „Ich muss dir etwas erzählen. Um dich und mich besser zu verstehen, habe ich eine professionelle Sub um eine Kurzausbildung gebeten. Bei unserem gestrigen Date habe ich mich unterrichten lassen – zwar nur theoretisch, aber ungeheuer plastisch." Und dann erzählt er ihr davon.

Sie hatten sich in einem Gartenlokal verabredet. Eve, der Deckname einer Ukrainerin, für deren sicheren Aufenthaltsstatus in Deutschland er durch kostenlose juristische Ratschläge gesorgt hat, ist mit ihrer Schäferhündin Olga gekommen. Eve winkte ihm schon von ferne zu und Olga springt vor Freude wie eine Wilde an ihm hoch. Alle drei sind sich schon immer und von Anfang an sympathisch gewesen. Und so beginnt nun ein unbefangenes Gespräch bei Zitronencola (sie) und Milchkaffee (er) und einer Schale mit klarem Wasser (Olga). – Eve erzählt von ihrer Liebe, zu der er sie, die den Glauben an Liebe überhaupt durch tragische Schicksalsschläge verloren zu haben schien, schon zu Anfang ihrer Bekanntschaft sehr nachhaltig ermutigt hat. Daher weiß er einige Details aus ihrem Leben, aus denen sie ihm gegenüber kein Geheimnis gemacht hat, z.B. auch, dass sie zeitweise als Sub gearbeitet hat. Sie hat volles Vertrauen zu ihm. Und daher hat er sie auch ohne weiteres fragen können, nach dem, was er im Augenblick nicht recht versteht.

Eve berichtet frank und frei, als er sie nun selbst offen auf SM-Praktiken anspricht. Zuerst haben wir natürlich über Privates geredet. In einer zweiten Phase unseres Gespräches hat sie mir dann völlig offen von ihren SM- Erfahrungen berichtet. Für ihn sei das alles sehr prägnant und nachvollziehbar gewesen, sagt er.

Sie, offenbar eine sanfte Switcherin zwischen Domina und Sub, ist nicht vom Zufügen großer Schmerzen zur Lusterhöhung ausgegangen, sondern hat die Sache anders herum auf den Punkt gebracht: Aufgeklärte Subs könnten dadurch, dass sie Verantwortung an den Dom abgeben, eine große Freiheit auch zu eigener Lust erlangen. Wenn das aber so sei, komme es darauf an, diesen Prozess liebevoll zu begleiten. Eve habe berichtet, dass man als Dom oder Domina die oder den Sub mit der Gerte ja zuerst auch streicheln, sie dem Partner oder Partnerin z.B. auf die Brust legen oder sanft und leicht schlagen könne. Sie habe eindringlich vor Missbrauch gewarnt, weil mancher Dom (fast immer seien das Männer) auch verrückt spielen und ihre Subs grün und blau schlagen könnten. Das sei aber nicht SM, sondern reiner Sadismus. Es sei eben alles Vertrauenssache. Träfe man aber auf den richtigen Partner, könne dies zu einer sonst kaum erlebbaren, ganz besonderen Intimität mit einer unerhörten Luststeigerung führen – eben weil man sich ausliefere.

Was passiere, sei zuvor zwischen den Partnern verbindlich abzusprechen – bis hin zu einem Safewort, das zur Sicherheit zu sofortiger Einstellung aller Aktivitäten führe. Unbedingtes Muss sei ihrer Erfahrung nach der Einsatz einer schwarzen Augenbinde, damit die Sub sich besser konzentrieren könne oder auch genieße, nicht zu wissen, was als nächstes passiere. Ferner eine Fesselung, die den Eindruck von Ausgeliefertsein erhöhe und damit das Gefühl, nicht verantwortlich zu sein für die Lust, die entstehen und aus einem herausbrechen könne. Eve, berichtet er, habe dann noch von bestimmten Techniken erzählt: z.b. Reizung mit Eiswürfeln, heißem Haushaltswachs, vorsichtiges Anbringen von Klammern, Verbalerotik, Befehl zu Selbstbefriedigung und zwischendurch nach Belieben des Dom Geschlechtsverkehr aller Art, mehr oder weniger verbunden mit Kraftausdrücken. Und in diesen Zusammenhang gehörten dann durchaus auch lustvolle Schläge mit einer Gerte in vorheriger Absprache zwischen Dom und Sub. Eve hat betont, dass es bei solchen Akten tatsächlich eine Art Lustschmerz gebe, der zu Wiederholungen dränge. Es müsse zwischen Dom und Sub und umgekehrt ein sehr großes Vertrauensverhältnis herrschen; anders könne echter Sadomasochismus nicht gelingen.

Eve, die fälschlich geglaubt habe, er hätte ein praktisches Problem, hat gemeint, wir sollten uns im Internet nach den Utensilien umsehen, die man nun mal brauche. Das Einfachste, hat sie gesagt, dürfte eine schwarze Augenbinde sein; für Ketten oder Leinen zur Fesselung empfiehlt sie schlicht einen Baumarkt, wo alles billig zu erwerben sei; eine Gerte, könne man kostengünstig im Internet besorgen.

„Das alles", sagt er, „hat in meinen Ohren sehr einfach und natürlich geklungen – vielleicht, weil ich Eve zu Anfang sehr ausführlich von ihrer großen Liebe habe erzählen lassen. Du solltest wissen: dieser Bericht kommt unglaublicherweise von einer sehr hübschen, zart gebauten Frau, die sensibel aussieht und Herz hat und dabei ein Mensch ist wie alle anderen, also wie du und ich. Eve hat auf mich auch deswegen einen so intensiven Eindruck gemacht, weil ihre Erzählung sehr glaubwürdig gewesen ist. Jedenfalls sind wir als Freunde auseinander gegangen, die sich auf einem sehr sensiblen Feld ausgetauscht haben, aber nichts voneinander oder miteinander ‚haben' wollen."

„Für mich als ein in der Öffentlichkeit relativ bekannter Publizist", fährt er dann noch fort, „hätte dieses Treffen durchaus sensibel sein können, weil ich ja auch weiß, was sich alles so hätte abspielen können, wäre Eve z.B. im Rotlichtmilieu im eigentlichen Sinne tätig. Aber Eve ist von Haus aus keine Prostituierte, sondern eine ganz naürliche Frau, die sich inzwischen aus dem Sexgeschäft herausgearbeitet hat und ihren Lebensunterhalt mit Schreibarbeiten für Wissenschaftler und Examenskandidaten verdient."

Seine Kundry hat ihm die ganze Zeit teilweise interessiert, teilweise amusiert lächelnd zugehört. Ernst werdend fragt sie ihn nun: „Und, was willst du mir damit sagen? Warum erzählst du mir das alles? Meinst du ernsthaft, ich wüsste das nicht aus eigener Erfahrung?"

Eine solche Frage hat er erwartet und reagiert daher völlig sachlich. „Einmal", antwortet er, „geht es mir darum, dich besser zu verstehen. Zum anderen habe ich festgestellt: Es gibt jedenfalls auch für mich noch einiges zu entdecken, was ich bisher als halbwegs gebildeter Mitteleuropäer nur theoretisch aus der Literatur kenne. Aber ich weiß selbst noch nicht, ob und wie ich damit umgehen soll. Nur denk' bitte nicht, ich wolle das alles nun einfach auf uns übertragen und das mit dir ausprobieren. So primitiv denke ich nicht. Da musst du dir keine Sorgen machen. Und das weißt du auch."

Was er nicht sagt, sondern für sich feststellt, ist, dass sie, anders als er es erhofft hat, nichts von sich selbst sagt, er also immer noch nicht klar weiß, von welchen Emotionen eigentlich sie sich leiten lässt bzw. was sie voraussetzt, würde sie sich auf ihn einlassen wollen. Er selbst fragt nicht nach, um nicht den Eindruck zu vermitteln, irgendeinen Druck ausüben zu wollen. Dabei ist er sich deutlich darüber im Klaren, dass seine Kundry keine Kommentare zu ihren eigenen Motiven und Empfindungen abgegeben hat. Dazu hat sie sich nicht bewegen lassen. ‚Schade eigentlich‘, denkt der Mann.

Dafür sagt sie etwas anderes, was gut zu ihr passt: „Das wäre ja auch nochmal schöner“, antwortete sie auf sein Statement, halb schnippisch, halb ironisch.

Das nun empfindet er als wenig hilfreich, übt sich aber in Geduld und anwortet daher bewusst sehr zurückhaltend: „Ich kenne dich lange genug um zu wissen, dass so etwas nur funktioniert, wenn es von beiden Beteiligten ausgeht. So denke ich. Du magst dich offenbar nicht weitergehend äußern. Aus meiner Sicht bleibt es dann auch für mich weiterhin beim ‚on verra‘. Wenn ich mich recht erinnere, hast ursprünglich du selbst ja diesen Begriff eingeführt, um Offenheit zu signalisieren. Wir lassen also, schlage ich dir vor, vorerst alles beim Altgewohnten. Aber wenn es sich von dir aus anders entwickeln sollte, wenn du eines Tages so etwas oder anderes doch noch mit oder von mir willst oder brauchst, dann reden wir darüber. Einverstanden?“

Seine Kundry lacht halb erleichtert, halb belustigt auf. „Mach dir da mal keine falschen Hoffnungen“, antwortet sie.

Er wiederum, ebenfalls lächelnd, auch er halb im Ernst, halb im Spaß: „On verra, wir werden sehen.“

Er ist selbst gespannt, wie es weitergehen wird. Aber zunächst und bis auf weiteres bleiben sie zusammen, als hätte es dieses Gespräch und dessen Anlass nie gegeben.

16. Betonkopf

Manchmal hat er das Gefühl, als verdickten sich seine Schädelkno-
chen oder als umgebe sich sein Kopf mit einer zweiten Schale. In
der Nacht hört er in dem Krankenhaus, in dem er in einem Not-
bett liegt, das Husten eines Genesenden neben sich – oder ist es das
Röcheln eines Sterbenden? Er kann es nicht unterscheiden. Die
Nachtschwester kümmert sich.

Am nächsten Morgen hört er, nunmehr allein im Zimmer, auf
seinem iPhone die 7 Uhr-Nachrichten und die Presseschau des
Deutschlandradios, seines Lieblingssenders seit langen Jahren.
Heute vernimmt er die Stimme des Sprechers wie durch eine Wand
– aus einer Landschaft, die nicht mehr seine Wirklichkeit zu sein
scheint. Oder liegt das an der Realität selbst, um die sich das Ra-
dioteam erkennbar bemüht. Vielleicht denkt er ja auch nur, er sei
nicht mehr in der Wirklichkeit. Wer kann das heutzutage so genau
unterscheiden?

Jedenfalls scheint ihm, als vermindere sich sein Wirklichkeitssinn
und das Reich der seelischen Phantasien und emotionalen Illusionen nehme zu. Jemand hat einmal ein Theaterstück geschrieben,
das hinter dem Vorhang spielt. Auch, wenn der Mann von He-
raklit gelernt hat, dass es „nichts Neues gibt unter der Sonne",
fühlt er sich doch eingeschlossen in sich selbst und fürchtet eine
schleichende Bunkermentalität, die sich nach außen hermetisch
abzuschließen beginnen könnte. Er denkt: ‚Die Vorposten und
die Wachen am Eingangsbereich meines Gehirns dienen nur
noch der Abwehr von Außeneinflüssen. In meinem Kopf jedoch
ist der Teufel los, ich muss mich langsam fragen, ob ich von mir
selbst noch sagen kann, was eigentlich los ist mit mir.‘ Er versucht, es an Bildern festzumachen.

Da treiben offenbar gefühllose Zyklopen ihr Spiel mit ihm, dem Verwundeten, mit ihm, dem unpassenderweise auch noch kleine Fruchtfliegen aus dem Kopf zu dringen scheinen: ‚Ich kann gar nicht so viele Fliegen totschlagen, wie aus mir hinauswollen; man könnte manchmal denken, dass da ein Nest in mir ist.' – Oder: ‚Es scheint, dass alle nur noch auf meinen Zusammenbruch warten, aber es passiert nichts, noch nicht einmal ein Zwischenfall.' – Oder: ‚Wie kann es sein, dass er seinen Nebenmann schwer atmen, ja verzweifelt um Luft ringen hört und plötzlich ist nichts mehr, als sei ein Atemstillstand eingetreten; dabei ist das Bett doch leer. Oder ist sein Mitpatient gestorben?' – Oder: ‚Von der Spitze eines Eisberges, der durch den kalten Seenebel in den warmen Süden treibt, lächelt ihm ein Herzkraut zu, ohne das eigene Schicksal ändern zu können. Wie schön müssen die Zeiten gewesen sein, als Hans Albers noch „Ein Wind weht von Süd" mit Sehnsucht im Herzen singen konnte.' – Oder: ‚Er hält er offenbar doch nur im Traum vor einer großen Versammlung eine leidenschaftliche Rede gegen den Wahn des Neoliberalismus. Beifall umrauscht ihn. Aber er weiß ganz genau, dass diese Rede nichts bewirkt. Die Claqueure stehen auf und machen ungerührt weiter wie bisher.'

‚Man sieht', sagt er sich, ‚die Welt geht auf und unter in so einem Betonkopf'. Und doch weiß er, dass zu jedem Zeitpunkt die Notwendigkeit bestehen kann einzugreifen. Wenn es z.B. gilt, eine Frau aus ihrer Not zu retten und mit der Grandezza seiner eigentlichen Berufung einzugreifen und Recht zu schaffen, dann ist er noch immer ganz der Weiße Ritter, der er früher immer zu sein versucht hat. – So und anders lebt es sich in einem Betonknopf, in dem die Sperrknoten wachsen.

Dann steht der Chefarzt plötzlich vor seinem Bett und fragt ihn: "Wie geht's uns heute?" Und er antwortet in alter freundlicher Frechheit: "Leider weiß ich so gar nicht, wie es Ihnen zur Zeit gehen mag."

17. Weißer Elefant

Der Elefant, nachdem er die Botschaft empfangen und die der Situation geschuldete Sofortentscheidung getroffen hat, wiegt den schweren Kopf hin und her, her und hin. Alle, die ihn kennen, wissen: Er denkt nach.

Und wirklich, das tut er, der Elefant, der auf die Frage, ob er ein Elefant sei, eine späte, aber umso eindeutigere Antwort erhalten hat. Diese Antwort geht weit über alles hinaus, was er sich je hätte vorstellen können. Manchmal bleibt der langsam schwingende Kopf des Elefanten ruckartig stehen. Es ist, als wolle er etwas sagen. Er hebt zu reden an, aber nur etwas Unartikuliertes ist zu hören. Doch dann verharrt er in seinem Schweigen, wiegt den Kopf wieder hin und her und seine Stirn legte sich in schwere Falten. Niemand ist da, mit dem er sich aussprechen kann. Zu abrupt, zu final hat die schöne, weiße Frau die Kommunikation, von der er gedacht hat, sie beginne erst, unterbrochen, nein, beendet.

Man kann bei einem solchen Dickhäuter trotz der allgemein bekannten Sensibilität dieser Gattung nicht erkennen, was er denkt, so man das, was sich in ihm ereignet, überhaupt als Denken bezeichnen darf. Vielleicht ist es ja auch eher ein reflektiertes Fühlen. Letztlich aber wird es wohl sein Herz sein, das in ihm etwa so zu sprechen beginnen könnte:

‚Der Satz aus einem Gedicht, von dem ich aus dem Mund einer Besucherin gehört habe und der da lautet „Es ist, was es ist" scheint richtig zu sein, das ist wahr; denn es ist der Fall – für mich jedenfalls. Auch wenn ich selbst ein einfacher und sehr alter Elefant bin und sie eine junge weiße Menschenfrau, so habe ich sie doch in ihrem Wesen in dem dunklen Ausdruck ihres Blickes erkannt. Und erstaunlicherweise hat sie auch mich zu erkennen geglaubt, mich jedenfalls vertanden; mich, der ich doch nur ein Elefant bin. Wenn der Satz: „Es ist, was es ist" stimmt, wird sie dieses Es finden: in sich oder in ihrem Umfeld. Und wenn nicht, wird sie sich ganz von allein auf die Suche machen. Denn zu groß ist ihre Sehnsucht nach einer Liebe, die brennt, größer selbst als ihre große Angst davor.'

‚Und dann vielleicht — so unwahrscheinlich es ist, aber nie ist irgendetwas ganz ausgeschlossen — wird sie sich auch wieder an mich erinnern und ganz vielleicht in mein Gebiet kommen, in das Reich der Elefanten am Rande der Großstadt. Jedenfalls wird sie dann dieses Es finden oder dieses Es würde sie finden, sie, die junge Menschenfrau, die ich so gern auf meinem Rücken getragen hätte — durch alle Fährnisse des Großstadtdschungels hindurch. Aber ich weiß: das ist nur meine Sicht, vielleicht auch nur die Hoffnung eines einfachen Elefanten.'

‚Kommt es demgegenüber nicht eigentlich und ausschließlich auf sie an? Ist es nicht weit wesentlicher als alles andere, dass sie eine gewisse Traurigkeit, die ich in ihr erspürt habe, hinter sich gelassen, sich selbst gefunden hat und damit auch Ruhe und Gelassenheit in sich und die Fähigkeit, wieder zu lieben — und sei es einen alten Elefanten? So müsste es doch eigentlich sein — ganz gewiss, so ist es, wenn es ist, was es ist. Eines Tages wird sie von sich aus kommen. Das meine ich im Voraus zu fühlen. Für mich ist und bleibt es wichtig, dass sie in ihrem Unterbewusstsein spürt, dass ich, den sie so liebevoll angelächelt hat, notfalls immer da sein werde für sie. Ich bin mir ziemlich sicher, dass sie das verstanden hat, als sie mit ihren jungen Augen meine alten Augen gesucht und das gefunden hat, was sie existenziell braucht. Maßgeblich für sie ist nicht, dass sie gleich das große Glück gefunden hat; entscheidend ist die

Gewissheit, dass der Weg zum Glück offen steht für sie. Muss das nicht der Maßstab der Dinge sein? Ob das vielleicht schon das „Es" ist, von dem der Spruch „Es ist, was es ist" handelt?'

Als der Elefant mit seinen Gedanken und Gefühlen bis zu diesem Punkt gekommen ist, wird er ruhig. Sein Atem wird gleichmäßiger. Es ist die Erkenntnis, dass es allein auf sie ankommt, die ihn gelassen werden lässt. Sein Kopf wiegt sich zwar noch hin und her, aber es sind auslaufende Pendelschläge, die dem Ruhepunkt zustreben.

Wenn er sich selbst ihr gegenüber vor diesem Hintergrund sieht, muss er sich eingestehen, dass er wirklich ein Elefant ist – aber einer, der nicht anders kann, weil sie mit ihrem Wesen etwas entfacht hat, was noch immer lichterloh in seinem alten Elefantenherzen brennt. Er hat sie einmal, hier, jetzt und unmittelbar an sein pochendes Herz drücken, sie dazu behutsam umfassen wollen mit seinem weit ausschwingenden Rüssel. Aber er hat sie erschreckt und ihr große Angst gemacht, die sie hat zurückweichen lassen vor so viel an Energie und Ungeduld. Sie hat ihn zurückgewiesen mit den geflüsterten Worten: „Sie sind aber doch ein Elefant, Monsieur!" Und er hat genau verstanden, was sie meint. Es ist ein Fehler gewesen, ihr zu nahe gekommen zu sein. Er hätte es wissen müssen, dass er mehr Distanz hätte wahren sollen. Es hilft ihm nicht, dass er aus so etwas wie Zuneigung oder gar Liebe gehandelt hat. Denn eine einseitige Gefühlslage rechtfertigt gar nichts. Und er hat ihr nicht den Raum und die Zeit gelassen, die sie zu eigener Orientierung benötigt hätte.

Aber einen kleinen Trost gibt es für ihn: Er meint, ihr, als sie sich beim Gehen noch einmal umgewandt hat zu ihm, ein leises, nach innen gekehrtes Lächeln angesehen zu haben, und er ist sich ziemlich sicher, von ihren Lippen die Worte „Tschüss, du, mein Elefant" abgelesen zu haben. Das ist geschehen, als sie ihm noch einmal, ein letztes Mal, zugewinkt hatte. Sie hat ihm gleichsam verziehen So versteht er das jedenfalls. Und auch dafür will und wird er sie ewig in sein Herz schließen. Denn damit hat sie ihm seine Freiheit und Unbefangenheit zurückgegeben. Er darf und kann offen bleiben für die junge Weiße.

Das alles jedoch nimmt er nur für sich selbst wahr, dieser Elefant, der sich nach solchen Einsichten reif fühlt, nun ein weißer Elefant zu werden. Das muss ihm gelingen, denkt er, mit dieser jungen weißen Frau im Herzen und den Träumen von weiten grünen Grasländern, fernen schattigen Wäldern, süßen Früchten und sicheren Wasserstellen in seiner Seele.

Zeit, sich auf den Weg zu machen, denkt der Elefant, der in erster Linie ein Elefant ist und sein will und trotz dieser Erfahrungen mit einer Menschenfrau auch geblieben ist. Also steht er auf und geht gemessenen Schrittes den Weg hinab, der zu den Wäldern führt – dabei immer noch jene verrückte Hoffnung im Herzen, vielleicht auch ein wenig glücklich, das Bild dieser Frau, dieser jungen Weißen mit dem dunklen Blick, in sich tragen und tief in seinem Inneren bergen zu dürfen.

18. Im Café Blue zur Romantischen Liebe

Im Café Blue zur Romantischen Liebe herrscht Hochbetrieb. Was früher Literatur war, gedeiht hier zu irrealer Wirklichkeit. Es herrscht das Prinzip der Nahbarkeit. Alle Traumhäuser sind in leuchtendes Blau getaucht.

Auch seine Geliebte im „Kleinen Schwarzen" ist auf Kontaktsuche. Ihr junger Körper wippt und federt vor Erwartung. Ihre Augen schimmern in nassem Blau. Kein Wunder, dass er sie lieben muss. Der Pianist spielt gerade den alten Song vom Suchen und Finden. Und der Mann steckt sich erstmal eine Zigarette an und beobachtet nachdenklich die Ringe aus Rauch, die er in die Luft bläst. Eines der Mädchen sucht ihn mit ihren Blicken. Strahlende braune Augen, begehrlich, aber doch auch voller Warmherzigkeit. Nicht schlecht, denkt er, und nickt ihr freundlich zu, aber er bewegt sich nicht, sondern wendet sich ab und dem Barkeeper zu. „Noch einen Wodka bitte", sagt er.

Es ist Krieg, denkt er, auch hier. Es werden die ewigen Jagden nach Liebe zelebriert, Erotik und Sex wird gesucht und gefunden. Dabei geht es im Café Blue meist spielerisch zu. Und zugleich gibt es zwischen einzelnen Paaren auch Momente unendlich scheinender Zärtlichkeit. Wenn man Glück hat, ist auch das ein Spiel, allerdings ein ernsteres. Aber ob ernst oder nicht – als Spiel sind solche Blicke aus der Innenwelt eigentlich zu schade. Man geht bei dieser Spielerei mit sich und dem oder der anderen auf Dauer nur selbst drauf. Aber zugleich ist man süchtig nach diesen feinstofflichen Augenblicken, in denen das helle Licht eine flirrend vitale Strahlung gewinnt. Kann so etwas überhaupt Spiel sein, selbst wenn die Spieler nur Spiel wollen?

Der Wodka rinnt ihm heiß durch die Kehle. Er sieht, wie seine Geliebte zu flirten beginnt. Der Typ, den sie sich ausgesucht hat, scheint in Ordnung zu sein. Groß, schlank, beweglich: auf der Höhe seiner Zeit vor den sieben Bergen, die er, der Beobachter der Szene, selbst bereits hinter sich gelassen hat. Macht nichts. Sie soll ihren Spaß haben, wenn sie Sex braucht. Bitte sehr, er gönnt ihn ihr. Spätestens am nächsten Morgen wird sie wieder bei ihm sein und seine Nähe und Zärtlichkeit suchen.

Natürlich ist er manchmal voller Zorn auf sie. Gewaltphantasien der sanften Art ziehen durch seinen Kopf. Er möchte sie zart züchtigen, ohne ihr wirklich jemals ernsthaft weh zu tun. Aber er hat sich im Griff. Er will anders als früher die reine Liebe oder keine Liebe.

Wie an den Ozean verlorene Schiffe so gehen seine nach innen gesprochenen Worte unter im Sprachmeer seines Kopfes. Oder sie werden zerdrückt im eisigen Schweigen des Nordmeeres. ‚Das Gegenteil von Liebe‘, denkt er, ‚ist Undurchdringlichkeit. Ja, Undurchdringlichkeit, die in ihrer schlimmsten Form ganz vorn beginnt. Unzugänglichkeit aber gewährt keinerlei Chance zu Eigenentwicklung und zur Bewegung aufeinander zu. Wie soll man sich auch aus einer Erstarrung oder aus einem zu hohen Anspruch auf Selbstbehauptung heraus neu erfinden können? Das funktioniert niemals im Leben. Unter solchen Voraussetzungen gibt es auch keine Nahbarkeiten: eigentlich eine der Weisheiten für alle, aber noch längst nicht für jeden.‘

Er blickt seinen Rauchringen nach, die sich nacheinander in der Luft auflösen, in diesem Zusammenhang könnte man auch sagen: in ein existenzialistisches Nichts. ‚So geht es eben zu im Grenzgebiet von Sein und Schein‘, denkt er. Und trotzdem. Wenn er auf seine Geliebte schaut, wächst ein neuer Traum von Nähe auf dem

Hoffnungsbaum – verrückt, aber wahr. Er kennt jedoch auch den immer wiederkehrenden Gefahrenpunkt.

Dieser Gefahrenpunkt, den er sich erneut klarmacht, liegt in der Kommunikation zwischen ihnen: ‚Wenn einer aus echter Liebe zu seiner Geliebten steht, die sich ganz oder teilweise abgewandt hat mit der Folge auch, dass der Kommunikationsprozess zwischen ihnen trotz einer ernsthaft aufrechterhaltenen Freundschaft verflacht, und wenn dann der Liebhaber aus Treue willentlich an seiner Liebe und an leergewordenen Usancen festhält, ohne nach der Stimme seines Herzens zu fragen, dann wird sich auch eine ehemals Große Liebe zu einer Scheinliebe aus Gewohnheit entwickeln können. Und mit einer Schein- oder Schattenliebe wird oder kann der ehemalige Partner unversehens kurzfristig oder auf Dauer substantiell beeinträchtigt werden. Soweit darf es niemals kommen.‘

‚Aber‘ , führt er seinen Gedankengant fort, ‚es könnte ja selbst hier wie überall Ausnahmen geben.‘ Das weiß er aber nicht sicher. ‚Fest steht wohl in jedem Falle, dass es darauf ankommt, sich nicht nur wegen der Trennung, sondern auch in und nach der Trennung schlechthin im Griff zu behalten und eine Beziehung mit Anstand zu führen oder zu Ende zu bringen. Echte Liebe ist eben eine schöne, aber sehr fordernde Gefühlslage, gerade auch dann, wenn sie ihre Höhepunkte überschritten oder gar hinter sich gelassen hat.‘

Als halbwegs gebildeter Mitteleuropäer sieht er das wenigstens so. Es bleibt aber spannend.

19. Schwarze Dame

Im Gästehaus eines bedeutenden Energieversorgers, das, in einen großen, parkartigen Garten eingebettet, an einem kleinen Binnensee liegt, trifft er bei einem Abendempfang auf einen Kreis von sogenannten ‚hochgestellten' Persönlichkeiten des öffentlichen Lebens aus Wirtschaft, Kultur und Politik samt ihren Partnern und Partnerinnen. Gleichwohl langweilt er sich entsetzlich und flieht vor dem als ‚Polittalk' bezeichneten Geschwätz in einen Nebenraum innerhalb einer ganzen Flucht von Zimmern.

Er steht an einem Fenster und blickt in den Park, während er seinen Gedanken und Phantasien nachhängt. Dort spricht ihn unversehens eine Frau an, die ihn mit freundlicher Stimme fragt, ob er sich verirrt habe. Er fühlt sich gestört – und ist überrascht. Nie hätte er erwartet, hier einer solchen Frau zu begegnen. Während er sich ihr zuwendet, scheint sich die Zeitschiene zu verschieben.

Sie hat sich auf eine damenhaft elegant wirkende Weise schwarz wie eine moderne Nonne gekleidet und trägt im Hintergrund ihres Gesichtes die zarte, an Überweltliches gemahnende Leidensmiene, die so manche Klosterfrau zur Schau stellt. Aber in dem Ausdruck ihres Blickes und an den dunklen Ringen unter ihren Augen meint er, in ihr eine jederzeit zugängliche submissive Schwarzgräfin zu erkennen, wahrscheinlich mit dem schwarzen Lederrock einer Sub unter der Oberfläche ihrer Kutte.

So sieht er sie mit den Augen eines dominierenden Grafen an. Und sie versteht ihn, als er ihren Blick penetriert. Mit seiner wortlosen, ihr bekannten Augensprache sagt er: ‚Unsterblich und allmächtig ist die Liebe. In deren Namen will ich dich. Hier und jetzt.'

Sie aber schlägt – insoweit offenbar frei oder unerzogen – den Blick nicht nieder. Stattdessen huscht ein Lächeln über ihr Gesicht. ,In den Garten. Kommen Sie mit in den Garten', antwortet sie auf gleiche Weise mit einem hindeutenden Blick, dreht sich um und geht. Ihr Gang ist geschmeidig. Er folgt ihr nach kurzer Pause.

Durch eine Terrassentür tritt er unbemerkt hinaus. Eine verwilderte englische Gartenlandschaft empfängt ihn mit herbstlichen Düften und dem letzten Schein der untergehenden Sonne. Im hinteren Teil des Parks lockt ein großzügig gebauter zweistöckiger Pavillon, von Platanen umstanden. Betont langsam, öfter verweilend schlendert er auf das Gebäude zu, das kleineren Versammlungen, Lesungen oder kleinen Konzerten dienen mag.

Die zweiflüglige Tür zum Pavillon ist nicht wie erwartet angelehnt. Er drückte die Klinke herunter. Geräuschlos tritt er ein. Vor ihm liegt ein kleiner, aber hoher Empfangsbereich, der von dem offenbar dahinter liegenden Hauptraum durch einen schweren purpurnen Vorhang getrennt ist. Er räuspert sich leise, um seine Ankunft zu signalisieren. Dann teilt er den Vorhang und tritt ein. Der Raum ist leicht verdunkelt. Seine Augen werden vom ersten Moment an gebannt durch einen Lichtkreis, den eine starke Punktleuchte, die eher einer Kamera gleicht, von der hohen Decke her auf die Mitte einer riesigen Tischplatte wirft. Er orientiert sich kurz. Da, wo man Fenster und Türen vermuten kann, hängen Vorhänge von gleicher Art wie der, der den Empfangsbereich vom halbkreisförmig wirkenden Hauptraum trennt. Die Ausstattung des Raums ist äußerst sparsam: ein großer runder Tisch, zwei ausholende Sessel.

Im Lichtkreis selbst erkennt er einen überdimensionierten, sich aus einem großen schwarzen Metallkasten herauswölbende, von innen leuchtenden Glaskörper, der das physikalische Zeichen für

Unendlichkeit nachbildet. Bei längerem Hinsehen füllt sich das eingeschlossene Feld mit Licht. Dieses Licht changiert bis sich die Andeutung eines Augenpaares abzeichnet, das sich zu den nackt wirkenden Augen einer Frau entwickeln. Allein schon die Übergröße dieser Augen irritiert ihn. Zudem mutiert der Ausdruck dieser Frauenaugen. Er glaubt, zunächst etwas freundlich Distanziertes zu erkennen, das sich dann in ein feines, ganz offenes Lächeln entwickelt. Unwillkürlich lächelt er nun seinerseits diesem Augenpaar zu.

Offenbar in Reaktion darauf, so empfindet er es, sehen ihn diese von langen Wimpern eingefassten Augen nun ernst und direkt an, nehmen zunächst die dunkle Farbe großer innerer Trauer an, um dann, wie bei einer Verwandlung auf der Bühne, in eine ganz andere seelische Sphäre überzugehen: Erotisches Verlangen blickt ihn aus diesen Augen an und lässt eine heiße Welle in ihm entstehen und durch ihn hindurchgehen.

Er ist verwirrt: Ist das eine Kommunikation durch unkörperliches Augenspiel – eine echte Korrespondenz von Blickwechseln und nicht nur eine Computeranimation? Ist hier Künstliche Intelligenz am Werk? Spielt er selbst hier das Spiel oder wer spielt mit ihm? Ein Spiel ohne Worte mit einem kommunikativen Augenpaar, das auf ihn reagiert? Welche Metasprache wird hier überhaupt gesprochen?

Er meint, hinter einem der Vorhänge das leise verhaltene Lachen einer Frau zu hören. Und sich entfernende Schritte. Dann offenbar das Zufallen einer Tür. Eine spontane Regung erfasst ihn und will ihn dazu bringen, diesen Schritten zu folgen. Aber er bleibt stehen – auf seinen Platz gebannt durch den Blick der Schönen, den der Superbildschirm ihm bietet. – Das Wort ‚Arkanum' im Sinne eines höheren Geheimnisses schießt ihm durch den Kopf. Und dann die Frage: ‚Oder ist das hier Künstliche Intelligenz?' – In diesem Moment fühlt er sich zu einem Teil seiner selbst enthoben und er sieht sich gezwungen, sich aus sich selbst heraus zu reorientieren.

Da ereignet sich etwas, das ihn fast aus der Fassung bringt. Der Monitor zeigt sehr kurz ein Schwarzbild. Einen Augenblick später erscheint auf dem Bildschirm ein überhelles Lichtfeld, das sich aber langsam wieder verdunkelt. Und nun tritt der große, weltbekannte italienische Dirigent Arturo Toscanini ans Pult, wartet offenbar, bis keine Nebengeräusche zu hören sind, hebt den Taktstock und dirigiert die ersten zarten Takte der Ouvertüre zu Wagners ‚Tristan und Isolde', eine für diesen Dirigenten und auch für ihn, den zuschauenden Mann vor dem Bildschirm, immer schon überirdische Musik, die die Liebe in intensivster Weise zu Gehör bringt und die Seele ganz unmittelbar berühren kann. Hier wird die totale Liebe zwischen zwei außerordentlichen Menschen, diesem Mann und dieser Frau, in unnachahmlicher Weise gefeiert: vom ersten zarten noch uneingestandenen Beginn bis zum theatralischen Höhepunkt und darüber hinaus bis in den Tod hinein, diesem Versinken in einem ganz allgemein vorausgesetzten Weltatem.

Während der letzten Fermate sieht er die Tränen auf Tocaninis Gesicht. Und da kann auch er das Wasser, das ihm selbst in die Augen steht, kaum mehr zurückdämmen. Dunkelheit, ja Schwärze breitet sich aus. Er bleibt, wo er steht, hingegeben an eine schicksalhafte Sphäre transzendenter Schönheit. Er weiß nicht, wie lange er so verharrt. Da spürt er einen leisen Lufthauch hinter sich und gleich darauf legen sich die schmalen Hände einer Frau von hinten auf seine Wangen und drehen ihn um zu ihr.

Allmächtig, überpersönlich, unsterblich kann die Liebe sein. Sie entzieht sich jeder Berechnung. Er weiß es, sie weiß es.

20. Voran allem Abschied

Ihr eine einzigartige, unwiderstehliche, unwiederholbare Liebe vor-
zuspielen, dazu ist sein Herz zu alt. Das hat er auch in früheren
Jahren nicht gekonnt. Und das will er jetzt im Alter erst recht nicht.
Dazu wäre er auch zu müde.

Zwar: Sie hat den großen Andrang seines Blutes gefühlt und spürt
ihn vielleicht noch immer. Aber das ist nicht die ganz große Woge
in der Tide der Lebenszeiten, nach der sie sich wohl sehnt, sondern eher die Brandung eines Herbststurmes in seinem Leben,
dem Leben eines erfahrenen, alternden Lebemannes, der nicht genug bekommen, sich nicht begnügen kann. Und das, obwohl er in
Kopf und Körper die Erschöpfung spürt, diese vorher nie gekannte
tausendfältige Müdigkeit, die sich lähmend über ihn legt, ihm mit
abertausend fein gesponnenen Fäden Kraft und Vitalität raubt. Er
weiß sehr genau, dass es zu Ende gehen und er am Ende verlieren
wird. Hat er sich überlebt? Rainer Maria Rilke hat gesagt: „Sei
allem Abschied voran." ‚Danach sich zu richten', denkt er, ‚ist weise.'

Aber: Dies konkret auch zu tun, ist etwas ganz anderes. Das ist
wahrlich nicht leicht. Denn die Faszination der Gegenwart seiner
Liebsten schenkt ihm jedenfalls zeitweise die alte Kraft zurück. In
dem Jungbrunnen ihrer Persönlichkeit, befreit von alten Lasten, alten Pflichten, alter Schuld und auf kurze Frist – zeitweise abgelöst
selbst von der alten lebenslang lebendigen Liebe zu seiner Frau, an
die er sich unverrückbar gebunden fühlt –, ist er wenigstens für
einen kürzeren oder längeren Augenblick der Lover, wie er jungen,
meist emanzipierten Frauen noch immer gefällt: zärtlich, zurückhaltend, aber auch der Wucht einer vollen Hingabe fähig.

In diesen Momenten ist er seht weit entfernt von der Eiszeit des nahenden, nach ihm greifenden Alters. Dann fühlt er sich nicht mehr wie abgeschoben auf einen sich verdunkelnden Erdteil, ausgeliefert dem unabwendbaren Schicksal seines ganz persönlichen Weltuntergangs.

Dann ist er auf der Jagd, wie er es all die wunderbaren Jahre mit voller Leidenschaft und Manneskraft gehalten hat, er, der Jäger nach Liebe, von Sehnsucht erfüllt nach Traumbildern von Frauen, vielleicht d e r Frau ,an sich‘, obwohl er zweifelt, ob es die überhaupt geben kann, auch wenn er trotz aller Ungewissheit danach sucht. Nein, eigentich weiß er, dass eine solche Frau nicht exixtiert. – Und nun? Ist alles nur ein ganz gewöhnliches juanhaftes Jagdfieber gewesen, das Selbstbestätigung durch Besitzergreifen sucht, sich erschöpft im Liebesakt, um sich danach schon wieder auf die Suche zu machen nach neuem ,Wild‘? Aber: Frauen als Freiwild? Nein, das ist nicht seine Welt. Dazu ist er den Frauen zu sehr zugetan.

Sicherlich, es wäre eine Erklärung, aber die ist zu einfach. Denn eines steht schon immer fest für ihn: Seine Liebe ist echt, zumindest jeweils echt. Er hat immer ein Stück seines Herzens verloren und bewahrt allen seinen Liebsten ein liebevolles Erinnern und auf dieser Grundlage eine tätige Freundschaft, und zwar auch dann, wenn sich eine Affäre ganz anders entwickelt und letztlich geregelt hat als durch den finalen Akt der gegenseitigen Hingabe, z.B. durch eine einseitige Trennungserklärung zu einem unerwarteten Zeitpunkt X.

Er sucht in den Frauen viel eher, was für ihn die ,Frau an sich‘ ausmachen würde, gäbe es sie denn: dieses selbsttätige, selbstständige, im Ernstfall sogar kriegerische Urwesen, ausgestattet zugleich mit der vollendeten Fähigkeit zu Hingabe und Selbstentäußerung und damit fähig auch zu Liebe und zu eigener Lust und Passion. Diese sehr verschiedenen Gaben äußern sich in vielen Formen körperlicher und seelischer Art.

Er hat gelernt, achtsam zu sein. Er reagiert sensibel auf jede ihm gezeigte Zurückhaltung, auf jedes Zögern. Es bedarf nicht erst eines klaren Neins, bevor er sich zurücknimmt. Die modernen Frauen, denen er begegnet, zeigen allerdings inzwischen auch von sich aus das Selbstbewusstsein und den Willen zur Selbstbestimmung, den er so sehr schätzt. Mit ihrer Charakterstärke verkörpern die Frauen, auf die er sich einlässt, darüber hinaus, was Lebenswille ist. Dabei sind sie aber immer auch auf Schutzzonen für die eigene seelische Existenz aus, respektieren jedoch gleiches Recht auch für die ihnen nahestehenden Menschen und natürlch auch für den Mann, den sie lieben.

Das umfasst sehr oft, dass sie weit über Liebe im engeren Sinne hinaus – ganz anders als im Regelfall die Männer – auch für die Bewahrung der Lebensgrundlagen eintreten: d.h. für Umwelt und Natur und insbesondere für die Atmosphäre. Ihr Gestaltungswille, aus Hinwendung und Liebe geboren, umfasst auch diese natürlichen Lebensbedingungen.

Wenn eine solche Frau ihn in Glücksmomenten vollendeter Leidenschaft fragt: „Liebst du mich?", antwortet er zumeist nach einem tiefen Atemzug mit der Formel: „Ich weiß seit geraumer Zeit nicht mehr, was das ist – Liebe ist". Und er ist damit absolut ehrlich; denn er ist zwar einer wirklichen oder zumindest vermeintlichen großen Liebe begegnet, hat aber seine eigene Frau, die er gleichwohl innig liebt, nicht vergessen, geschweige denn verlassen können – nicht einer noch so liebenswerten anderen Frau wegen. Diese Andere hat er darüber nie getäuscht, vielmehr seine Haltung gleich zu Anfang der

Beziehung eindeutig klargestellt. Vor sich selbst absolut um Ehrlichkeit bemüht, weiß er, dass er zwei Frauen zugleich lieben kann.

Ein alternativloses Bleiben als einzige Möglichkeit im Leben hat er jedoch auch nicht durchhalten können. Dieser Raum ist ihm zu eng. Ganz offensichtlich deswegen hat er Kompensation bei anderen ihm begegnenden Frauen sozusagen „zur linken Hand" gebraucht und gefunden – oft gleichgesinnten Frauen, die er alle auf seine oder ihre Art geliebt, verehrt und respektiert hat, und zwar auch dann, wenn es denn nur um Sex gegangen wäre, was aber höchstens irrtümlich der Fall gewesen ist. Denn für ihn ist Erotik, die er als seelisches Aufgehen ineinander erlebt, unverzichtbare Voraussetzung für die kommunikative Verbindung, die er eigentlich sucht; Irrtum allerdings leider nicht ausgeschlossen. Er hat jedenfalls aus seiner Sicht alle Frauen geliebt und geachtet, die sich auf ihn mit ihrem ganzen Wesen eingelassen haben.

Dazu gehören auch schon die Begegnungen und Erlebnisse in der orientierenden Zeit wilder Soldaten- und Studentenjahre, die ihn sich haben entwickeln lassen. So wie er hat das fast jeder Mann – und neuerdings wohl auch die meisten Frauen – auf diese oder andere Weise erlebt. Er hat jedenfalls versucht, sich so zu verhalten, wie er von Haus aus erzogen worden ist, geprägt insbesondere von dem aus Frankreich stammenden Wahlspruch seines Vaters, der, frei übersetzt, heißt :"Meine Wehr dem Staat, mein Herz den Frauen!" Daran hat er sich gehalten.

Das gilt für ihn bis ins hohe Alter. Jetzt vielleicht sogar noch mehr. Denn er weiß nun, tiefer zu erleben. Und sein höchstes Begehren ist nicht, jedenfalls nicht in erster Linie, auf sein Ego gerichtet, sondern liegt, wenn es um Liebe geht, in der Hingabe der Frauen, mit denen er zusammen ist. Er erlebt das symbolisch als eine Neuschöpfung der Welt, wie auch früher schon in ähnlicher Weise. Aber mit der Zeit wächst die Schattenseite in der Beziehung eines alternden Mannes zu einer jüngeren Frau offenbar unaufhaltbar auf, wirkt auf beide ein, und zwar auch, wenn diese das, gleich ob jung oder ein wenig älter als jung, naturgemäß nicht so klar wie er zu erkennen vermag. – Oder doch?

Da ist zum Beispiel Chantal, eine Französin, Mitte 30, die mitten im Leben steht, die ihre berufliche Karriere klar im Auge hat und von sich und jedermann in fast instrumenteller Weise Leistung, Präsens, Konzentration und Schnelligkeit fordert. Chantal scheint solchen Einsatz, solche Haltung auch von ihm, dem viel Älteren, zu erwarten – auch in der Liebe. Sie fasst sein Verhalten wohl eher als eine Art Mangel an persönlicher Wertschätzung auf und scheint es darüber hinaus als fehlenden Respekt vor ihr als Frau zu empfinden, wenn er dies alles nicht gleichermaßen wie sie selbst wichtig nimmt. Und wenn er sich dann gegen eine solche seines Erachtens instrumentelle Nutzung seiner Person zu wehren beginnt und ihr eine Fehleinschätzung seiner Liebe vorhält, wirft sie ihm mangelndes Einfühlungsvermögen vor, fehlende Sensibilität und machohafte Arroganz. „Pas possible" (das gibt's doch nicht), sagt sie dann schon mal, „ihr alten Männer sollt bitte nicht so tun, als benutztet ihr nicht euerseits die Frauen in gleicher Weise wie wir euch!" Bei großer Übellaunigkeit pflegt sie ihm in dem ihr eigenen Gebrauch der deutschen Sprache mit leichtem französischen Akzent darüber hinaus vorzuwerfen: „Ihr alten Säcke habt euer Leben schon gelebt, ihr habt eure Karriere schon hinter euch, während wir Frauen in unseren besten Jahren mitten im Lebenskampf stehen. Die paar Anforderungen, die wir stellen, sind nur gerecht." Ihr Akzent lässt solche Redeweise eher charmant und lustig klingen, aber lustig meint Chantal das keinesfalls. Und manchmal schließt sie auch noch Sätze wie diesen hier an: „Nom de Dieu, du verstehst mich nicht, du hörst nicht zu. Lerne erst einmal zuzuhören, wirklich zuzuhören, damit du endlich verstehst, was ich will: Ich will dich davor bewahren, dass zu schnell alterst, träge wirst und vergreist." Ihre ohnehin lebhafte Stimme nimmt bei solchen Gelegenheiten eine durchdringende metallische Lautstärke an, die ihn nervt. ‚Als gäbe es ein Rezept gegen das Altern‘, denkt er.

‚Sie ist in diesem Punkte ganz naiv und meint es gut‘, das weiß er, ‚aber sie versteht mich nicht mehr wie früher, und sie kann nicht begreifen, dass ich inzwischen in der Liebe andere Dinge für wichtiger halte, als sie es tut. Und schon gar nicht versteht sie, dass sie mich sowieso nicht zu ändern vermag.‘ Ihr unschuldiger Unverstand frustriert ihn mit der Zeit; und diese wiederholten Frustrationen ziehen auf die Dauer Erschöpfungszustände nach sich. Es ist notwendig, dies in aller Klarheit zu sehen und zu sagen und ihr zu ihrem Selbstschutz und um seiner Selbstachtung willen gewisse Grenzen zu setzen. In solchen Augenblicken denkt er an eine Beendigung der Beziehung: ‚Voran allem Abschied!‘ geht ihm durch den Kopf.

Jedenfalls lehnt er es für sich schon aufgrund seiner Herkunft, seines Stolzes und seiner Lebensgeschichte im Ansatz ab, sich heruntermachen zu lassen und ein Wurzelknecht mit der Leidensfresse zu werden, den man schließlich ohne Respekt vom Hof jagt. Das kommt nicht in Frage. Vieles hinzunehmen, ist er bereit. Aber das nicht. Sabbat dann, vielleicht auch Hexensabbat, Schluss, aus, fini!

Er weiß inzwischen, was ihn so anfällig macht für die Liebe. Das sind die Blicke. Und damit meint er nicht den schnellen Hin- und Weggucker, sondern die Blickspannen, die sich manchmal zwischen einem Mann und einer Frau ergeben. Sie sind Brücken des Lichts über der dunklen Tiefe der ungesonderten Wasser. Dieses Leuchten, in dem sich im Falle des Falles die Farben der Seele finden, wenn es selten genug eine Liebe werden könnte –, dieses aus der eigenen Urtiefe strahlende Licht im Dunkel birgt die großen Widersprüche – besonders auch jene Sehnsucht, die sich nie erfüllt, weil der Erfüllung suchende Akt nichts anderes ist als die Geburt einer noch tieferen, rauschhaften Sehnsucht. Ein Stern wird geboren aus lichtloser Energie, glüht plötzlich auf, ist Quelle des Lichts, das im Entstehen vergeht: Liebe und Tod, diese intensivsten Formen des Lebens, wirken so, untrennbar verschmelzend, von jetzt an bis – vielleicht – in eine kürzere oder längere Ewigkeit hinein. D a s ist die Melodie, der eigene Rhythmus, der große Tanz der Prinzessinnen und Prinzen im Feuerkreis der Erotik. Und das wiederholt sich immer wieder neu, und oft ganz unvermutet.

Er hat innige Blicke, die ihn anrühren, aber auch auf einer ganz anderen Schiene von Zugewandtheit erlebt. Er erinnert sich an die Kunststudentin von gegenüber, die ihm zulächelt, seit er ihr an einem grauen Regentag eine goldgelbe Sonnenblume gebracht hat. Als aufmerksamer Nachbar hatte er sie in einem Lebensmittelladen in Wohnungsnähe getroffen und gespürt, dass sie traurig oder gar verzweifelt dreinschaute und offensichtlich eine kleine Zuwendung brauchte. Bei einem Treffen im benachbarten Café stellt sich heraus, dass sie in ihrer Examensarbeit feststeckt. Es droht die Gefahr, dass sie scheitert, weil sie die Frist zur Abgabe der Arbeit nicht einhalten kann. Tatsächlich hat er ihr dann bei ihrer Entscheidungsfindung so weit helfen können, dass sie ihre Blockade überwunden hat. Sie hat ihn damals aus der Tiefe ihres Herzens mit strahlenden Augen angelächelt und ihm später das Buch geschenkt, das sie aus ihrer Examensarbeit gemacht hatte. Aber für ihn ist der erste Blickkontakt nach Auflösung des Sperrknotens voll innigster Freude das Entscheidende gewesen. Und dieser Blick ist haften geblieben in ihm und zur Kraftquelle geworden.

Ja, all diese vergangenen kleinen Erlebnisse sind junge Träume eines alternden Mannes, da macht er sich nichts vor. Sie tragen inzwischen den Stempel der Unwirklichkeit, aber bleiben trotzdem wirksam. Er ist und bleibt eben ein Romantiker auf der Suche nach der „blauen Blume". Aber diese Träume von kleinem Geschichten, die Erlebtes in Erinnerung rufen, heitern auf, auch wenn sie keine Bedeutung mehr für das reale Leben zu haben scheinen. Ein anderes ganz kleines Beispiel ist die Erinnerung an den wiegende Gang einer Tänzerin im Zirkusrund: voller Ernergie und Lebenskraft mit einer ermutigenden Strahlkraft, die bis heute andauert. So stehen die Dinge. So ist es. Und er sieht auch heute nicht, dass er das ändern könnte oder sollte. Es sind schließlich seine ureigenen Erlebnisse und Träume.

Abends, vor dem Einschlafen, denkt der Mann über den Leitsatz: „Sei allem Abschied voran!" in plötzlich ganz anderer Weise nach. ‚Könnte dieser Satz, z.B. nach Art einer positiven Vorsatzbildung beim autogenen Training angewandt, nicht Geltung auch für andere Gebiete und Zeiten beanspruchen, wenn und wo etwas zu Ende geht oder beendet werden muss? Gilt das nicht auch für die eigene Person, die vor dem finalen Ende des Lebens steht? Wäre es nicht konsequent, wenn man sich darauf gerade im Alter einstellt? Nicht etwa, weil man die menschliche Angst nicht vor dem Tod, wohl aber vor dem Sterben als Grund zu einem Freitod missbrauchen will, sondern weil ein bewusst angenommenes Schicksal als Entschlossenheit zu einer Hingabe ganz anderer Art beitragen und zu Gelassenheit führen kann?‘

‚Und liegt nicht genau darin eine Möglichkeit, zu innerer Freiheit zu gelangen – auch gegenüber faktischen Zwängen wie das eigene Ende?‘

‚Ja‘, denkt er, ‚so gilt's: Auch gegenüber dem eigenen Tod: Voran allem Abschied!‘

21. Mitten in Zentraleuropa am Rande der Welt

Mitten in Zentraleuropa, also am Rande unserer Welt geboren, ist er in ein Alter gekommen, in dem die Krankheit schon mal in ernsterer Absicht nach einem greift, einen nicht ungeschmälert zurücklässt, in dem frühe längst vergessenen Verletzungen wieder zu schmerzen beginnen und alte Operationsnarben sich als fortdauernd schmerzhafte Verwundungen erweisen.

In die hohen Fenster seines Krankenhauszimmers grinst ein tückischer Halbmond. ‚Eins von Zweien musst du mir geben, sonst geht das Ganze drauf', scheint er zu sagen, selbst das Gegenteil signalisierend; denn er würde wieder zunehmen.

Nicht aber der Mann, der sich wegen eines resistenten Krankenhauskeimes nach einer ersten zu einer zweiten Operation entschließen muss. Unruhig wälzt er sich hin und her. Trotz aller Medikamente wühlt sich der Schmerz durch ihn hindurch. Auch das Atmen in den Schmerz hinein, wie er es von seinem Yoga-Guru gelernt hat, hilft nicht mehr. ‚Jetzt bin ich eben dran', denkt er, ‚nun bin ich selbst die Schmerzschmiede; eigenartig, dass trotz eines an sich harmlosen Primäreingriffs keines der Antibiotika hilft und auch sonst offenbar nichts – nichts außer dem Skalpell. Sie wollen dich also gewissermaßen skalpieren, obwohl du keine Haare mehr auf deinem Schädel hast. Klar, die Medizin hat ihre Grenzen. Aber es ist ein ander' Ding, ob man das nur theoretisch weiß oder am eigenen Leib erfährt. Das eine ist Meinung, das andere die Wahrheit. Genauso ist es mit dem Altern und dem Sterben. Genauso auch mit den großen Begriffen in der Politik wie Freiheit und Recht, die heute noch absolut verbindlich, schon morgen aber in einem autoritären System gefährdet sind und einen Tag später untergehen können, wenn die Bürger nicht wachsam genug sind und sich selbst als demokratisch orientierte Wahlbürger durch populistische Parolen täuschen lassen. Schnell ist vergessen, wie gut es ist, eine Wahl zu haben.'

Der Mann hat diese Wahl nicht mehr. Er träumt, man habe ihn trotz seiner Schmerzen nach der Operation schnell nach Hause entlassen. Nun verliert er sich in schmerzgeplagten Träumen. Er will an die frische Luft. Aber seine Haustür ist mit blaugrünen Brettern vernagelt. 'Diese Schweinehunde', denkt er, 'ich sitze in der Falle. Aber nicht mit mir.' Er holt sich die Axt seines Vaters aus dem Keller und bahnt sich den Weg. Vor ihm tut sich ein Raum auf, an dessen gegenüberliegender Wand zwei Türen offen stehen, die beide in eine undurchdringliche Dunkelheit zu führen scheinen. Er geht auf die Tür zu, die ihm am nächsten liegt. Durch eine muss er durch, eigentlich reine Glückssache. Welche soll er nehmen? 'Diese liegt wenigstens links, wo das Herz schlägt, das dürfte die richtige sein', denkt er.

„Hier", sagt da eine gutturale Stimme, „hier, Sie haben Eis." Der Mann schreckt hoch. Vor ihm steht der freundliche türkische Krankenpfleger, der ihm alle zwei Stunden blaue Eistaschen bringt, mit denen er die Schwellungen, Folge der neuen Operation am Sitz des Keimes, kühlen soll. „Danke", murmelt der Mann. Die Kälte übertönt den Schmerz. Er hat also wirklich eins von zweien hergeben müssen. Der Rat der Ärzte nach einer Woche Kampf ist eindeutig gewesen. Er ist kein Weichei. Also hat er seine Zustimmung erteilt, und die Unterschrift geleistet. Aber auch nach der OP fühlt er sich am Rande der Welt ausgesetzt – und das mitten in Zentraleuropa, wo er geboren ist. Schmerztiegel, Schmerzspiegel. Er denkt an Ingeborg Bachmann. An ihr Gedicht von einem Spiegel, der, „funkelnd vor Schmerz, die Gründe zeigen (will)". 'Alt genug dazu bin ich', denkt der Mann: 'Eigenartige Nacht, eigenartiges Leben, hier am Rande der Welt und überall.'

22. Herzland

Er finde sich wieder ‚am Rande ihres Herzens‘, hat ihm seine Ehepartnerin per SMS geschrieben, am Rande des Herzens, in dessen
Mitte er früher einmal Wurzeln geschlagen habe. Soll er sich nun
randständig fühlen? ‚Das schreibt sie dir nach hundert Jahren Liebe‘, denkt er bitter. ‚Das schlägt sie dir um die Ohren, obgleich du
sie noch immer aus tiefem Herzen liebst und obwohl du ihr versprochen, nein, geschworen hast, bei ihr zu bleiben bis zum Ende.
Und genau das auch tun wirst.‘

Und alles nur, weil er zwölfmal im Jahr sich selbst, sein Wesen, seine
Erotik, seine Sexualität mit einer jungen 47jährigen Frau hat ausle-
ben wollen, die er im Freundeskreis kennengelernt hat.

Sie haben sich Mails gesandt und nach vorsichtigem Beginn und be-
hutsamer Annäherung festgestellt, dass sie so etwas wie Zwillings-
seelen besitzen: Beide sind sie um Aufrichtigkeit und Wahrhaftigkeit bemüht. Beide sind sie an Musik, an Literatur, an Esoterik und
Lebenskunst interessiert. Sie haben sich Bücher geschickt, die sie
parallel gelesen haben und sie haben dabei in einem aufrauschen-
den Glücksgefühl immer mehr Übereinstimmungen miteinander
festgestellt. Beide sind sie absolut freizügig, weil Erotik und Sex
für sie zum Elementarbereich des Lebens gehören, ein Bereich, in
dem ihre seelische Übereinstimmung notwendig kulminiert: in einer Lust auf den Anderen, eine Lust, die sich, so sehen sie es, aus
sich selbst, aus ihrer Liebe rechtfertigt.

Sie sind absolut ehrlich miteinander gewesen. Sie haben sich gegenseitig Klarheit verschafft über die Lebensverhältnisse des anderen. Er hat ihr von vornherein gesagt, er liebe seine Frau, nie
werde er sie verlassen; er könne das nicht; sie habe es einfach nicht

verdient, von ihm Stich gelassen zu werden. Und sie, ein paar hundert Kilometer entfernt lebend, hat das vorbehaltlos akzeptiert. Sie wollen miteinander kommunizieren, im Rahmen einer Fernbeziehung füreinander da sein, ein gemeinsames Projekt beginnen, vielleicht ein Buch schreiben. Und sie wollen sich im Jahr vielleicht einmal im Monat, sehen. – ‚Und nun', denkt der Mann, ‚finde ich mich plötzlich nur noch am Rande des Herzens meiner Ehepartnerin wieder? Obwohl er sie liebt – nicht nur in seiner Seele, sondern nach hundert Jahren Ehe auch immer noch erotisch?'

Am Rande des Herzens, nur weil sich – wie auch früher schon im Verlauf ihrer Ehe – eine Drittbeziehung anbahnt? Nicht der schnelle Verkehr, der auch seine ganz eigene Qualität haben mag, für ihn aber nichts ist, sondern eine länger währende geistig-seelische Partnerschaft, in der auch Erotik eine Rolle spielt und ggf. auch situativer Sex? Für ihn ist die Liebe eben nicht unteilbar. Dazu sind die sich jeweils begegnenden Menschen zu unterschiedlich und auf verschiedene Weise attraktiv. Das wäre ja so, als dürfte man nur eine Farbe, eine Symphonie, ein Buch lieben. Eine solche Einschränkung ist für ihn unerträglich.

Sie, die er neu kenngenlernt hat, auch da sind beide sich gleich, vertritt das Prinzip der offenen, der freien Liebe: Aber es muss auch Liebe sein und nicht nur äußerlicher Sex im Sinne einer schnellen Nummer mit Sofortbefriedigungseffekt. Und da es eben Liebe sein muss zwischen ihnen, kann sie auch Rücksicht nehmen auf bestehende Verantwortlichkeiten und funktionierende Liebesbeziehungen mit der Ehepartnerin oder dem Ehepartner. Er kann das. Auch sie kann das. – Seine Ehepartnerin aber, die nach den bürgerlichen Gesetzen absolut im Recht ist, hat gesagt: „Irgendwann ist es genug. Ich bin erschöpft. Ich mag nicht mehr. Ich gehe, wenn du dich mit ihr triffst."

Seine Ehepartnerin hat trotz anfänglich unzulänglicher und bald auch unvertretbarer Geheimhaltungsversuche in der Phase des Findens und Prüfens sehr schnell gemerkt, was mit ihm los ist. In besonderer Weise sensibel und aufmerksam, hat sie es gespürt, wenn er mit strahlenden Augen vor seinem PC gesessen hat, oder wenn er, aus einer für sie nicht erreichbaren Ferne angesprochen, glücklich, beschwingt und heiter aus einem Chat gekommen ist.

Obwohl er sie gebeten hatte, ihn zu lassen, hat sie ihn – durchaus verständlich, denn sie hat unter der Situation gelitten – so lange stillschweigend befragt, bis er gleich zu Anfang der Beziehung, als diese nach Anlaufproblemen begonnen hatte, ernsthaft zu werden, preisgegeben hat, dass es diese „Andere", diese "Dritte" gebe. Als Ehepaar hatten sie einander Aufrichtigkeit versprochen und er hat sich daran gehalten. Er hätte anderenfalls nicht nur geschwiegen, sondern mit Schweigen gelogen. Und nun hat er auf die „Werdet-ihr-euch-treffen-Frage" seiner Ehepartnerin spontan gesagt: „Ich muss"; und das mit so viel Gefühl und Verve und Engagement, dass er sich vor sich selbst erschrocken hat.

Seine Ehefrau hat ihn bodenlos traurig angesehen. Und ihre Reaktion ist die Ansage, er befinde sich nunmehr am Rande ihres Herzens. Er versteht sie, indes doch auch nicht ganz. ‚Selbst schuld', sagt der Mann zu sich, ‚was spielst du dich auch auf wie ein verliebter Jüngling.' Und zugleich weiß er, und das ist bitter, dass er beiden Frauen, die er liebt, nicht voll gerecht werden kann, auch seiner Ehepartnerin nicht, zumal sie anders als seine neue Liebe das Prinzip der offenen Ehe für sich ablehnt.

Andererseits: Steht er nicht wirklich und real zu beiden, wie er es erklärt hat und lebt? Er hat versprochen, seine Ehefrau nie zu verlassen. Er lässt sie all' seine Liebe und Zärtlichkeit und Nähe spüren und bleibt bei ihr. Und steht doch zugleich auch zu der Frau, der er neu begegnet ist, und deren von Zweifeln verdunkelter Blick er sofort verstanden und richtig gedeutet hat, intuitiv wissend, dass er ihr würde helfen können. Und so hält er zu seiner Zwillingsseele, die so denkt, fühlt und empfindet wie er, der es gleich ist, dass er auch mit seiner Frau schläft; zu ihr, die ihn erklärterweise nicht aus seiner Ehe herauslösen will, sondern eine freie, kommunikative Beziehung eingehen möchte, in der sie ihre intensiven Gespräche über sie beide stark berührende Fragen, zum Beispiel über das Wesen der Liebe, fortsetzen können – Gespräche, in denen sie beide aufleben und einander in diesem Aufleben sehr nahe kommen, Dabei ist diese Nähe zunächst einmal völlig unabhängig von Erotik und Sex. Gut, sie teilen – je nach Situation – auch das; aber entscheidend ist für sie beide die Kommunikation und die dadurch gewonnene Nähe.

‚Was heißt überhaupt am Rande des Herzens‘, fragt sich der Mann. ‚Was überhaupt ist denn ein Herz?‘ Und ihm fallen wie auch sonst in existentiellen Situationen Verse ein, die zwar mit den gekrönten oder ungekrönten Fürstinnen und Fürsten der Dichtkunst oder sonstiger Granden moderner Lyrik weder mithalten wollen noch können, die aber jedenfalls ehrlich sind und daher für ihn selbst orientierend wirken. So greift er auch jetzt zu seinem kleinen schwarzen Moleskine-Notizbuch, das er immer bei sich trägt und notierte einen Textentwurf, der folgende Gestalt gewinnt und für ihn eine Lebenshilfe bietet. Für dieses Gedicht entwickelt sich der ursprüngliche Titel ‚Herzensrand‘ schlicht zu ‚Herzland‘; denn darum geht es ihm hier im Kern:

Herzland

Was ist das nur ein Herzensrand?
Du glaubst, dass es den gibt? – Ich nicht.
Ein Herz ist unbegrenztes Land.
Dort wirkt ein ganz besond'res Licht.

Dies Licht hat uns durchdrungen,
als eine Liebe – uns und mich.
Einander haben wir errungen
– ein Wir aus Doppel-Du und ich.

Das Herzland birgt, das ist sein Hort,
ein weites Reich mit Tiefenschicht::
die Hochkultur hat ihren Ort
und das Geviert verdammter Pflicht.

Das Böse hat hier seinen Platz,
zugleich die Lieb' als Gegenlicht:
ein Freigeheg' für Jagd und Hatz,
für Unrecht, Recht und das Gericht.

Da türmt sich auf der hohe Traum
von Liebe, Einheit, Harmonie.
Ein jedes findet seinen Raum,
totalen Gleichklang gibt es nie.

Es herrscht hier keine Langeweile,
wenn wildes Leben uns erquickt.
In Freiheit treu zu unserm Heile
– das ist es, was sich für uns schickt.

Ein off'nes Land lebt ewig fort,
die Feuer dort sie werden brennen.
Wir brauchen keinen andern Ort:
„In Vielheit eins" heißt Glück benennen.

Er weiß, sie in ihrer Freizügigkeit würde das sofort verstehen und tolerieren. Seine Frau hätte das in früheren Zeiten, als sie über eine offene Ehe noch frei diskutiert haben, vielleicht auch akzeptiert. Im Ergebnis aber hatten sie sich auf diese Form des Zusammenlebens nicht verständigen können. Und das hat er wegen des zwischen ihnen geltenden Toleranzgebotes seinerzeit auch akzeptiert.

Aber heute? Sind die Verletzungen, die Enttäuschungen im Rahmen ihrer Ehe für seine Frau zu groß geworden? Hat er sie zu sehr vernachlässigt? Ist ihre erotische Zurückhaltung seinen Eskapaden geschuldet? Ist er der Verursacher? Oder sind sie beide eben einfach so geworden – sozusagen automatisch im Zeitablauf durch einen langen Prozess der Gewöhnung, wie er sich in jeder Ehe ereignet oder ereignen kann. Er weiß, dass und wie dieser Prozess mit zunehmendem Alter, wenn es gut geht, regelmäßig bewirkt, dass Liebe in Treue, Erotik in Innigkeit und Sex in Zärtlichkeit umschlägt – in Seelenkräfte also, die ein ganzes Leben halten und standhalten können.

Natürlich ist seine Frau im Recht. Aber ist sie es wirklich? Hier in Zentraleuropa, in einer Zone erklärter Menschenrechte, sind Recht und Konvention jedenfalls für sein Denken und Fühlen inzwischen zu eng geworden. Zu eng und zu schwer. ,Marscherleichterung ist angesagt', denkt der Mann. Insbesondere langjährig verheiratete Ehepaare müssen einfach vertieft miteinander reden, müssen kommunikativer werden. Er fängt bei sich selbst an. Es muss ein Weg gefunden werden, der für sie, seine Frau und ihn, gangbar ist. Es muss einen Kompromiss geben.

Aber ihm ist zugleich bewusst, dass das typisch männlich gedacht ist. Mit Frauen kann man so nicht umgehen, und schon gar nicht mit seiner Ehefrau, die in seinem Falle absolut liebevoll, sensibel und empfindsam ist, aber zugleich auch selbstbewusst und stolz. ‚Beide Frauen haben eben Format‘, denkt er.

Er darf keines Menschen Herz verletzen, und schon gar nicht eine Frauenseele. Jeder Mensch, jede Frau hat Anspruch auf eine eigene Gefühlswelt, kann verlangen, dass sie vom jeweiligen Partner als Eigengewicht akzeptiert und toleriert wird. – Aber, und das steht ihm ebenalls glasklar vor Augen: Das gilt eben auch umgekehrt. Wahrhaftigkeit ist gefragt: In Vielheit eins!

Er nimmt sich jedenfalls vor, diese beiden wunderbaren Frauen zu lieben: b e i d e Frauen. Und das auch, wenn sich eine oder beide von ihm abwenden, sich gar von ihm trennen. Er wird sie in seinem Herzen bewahren und für sie da sein, solange er atmet. Ja, das wird er. Bildlich gesprochen: ganz gleich, ob der Mond jeweils zu- oder abnimmt.

Der Mann denkt für sich: ‚Im Grunde ist diese Geschichte wirklich ein Lied auf die Liebe, wie sie sich in langer Zeit im realen Leben entwickelt hat – auch unter Schmerzen und Frustrationen aller drei Menschen, die in einem Dreieck leben – in unterschiedlichen Lebensphasen und Situationen, offenbar auch aufgrund unterschiedlicher Rollenverständnisse. Überleben kann man das nur mit großer Toleranz, mit Verständnis und einem liebevollen Herzen.‘ Das glaubt er felsenfest. Zumindest ist diese Geschichte das Hohe Lied der Toleranz dreier selbständiger, eigenbestimmter Menschen, die versuchen, bei vollem Risiko ihren Partnern und sich selbst treu zu bleiben.

Aber darüber muss ein jeder Mensch, jede Frau, jeder Mann für sich allein entscheiden. Auch das gehört zur Freiheit des Einzelnen und zu der Verantwortung, die er für andere und für sich selbst trägt.

23. Situatives aus einem Dreieck

Das Dreieck, von dem hier die Rede ist, beherbergt nicht das Auge eines Gottes, wie es aus Kirchenfenstern zu leuchten scheint. Hier geht es um drei Menschen, die in einer teils gewollten, teils ungewollten Kommunikationsbeziehung zueinander stehen.

Diese Konstellation, die im tatsächlichen Leben immer und immer wieder vorkommt, stellt auch für liebenswerte, tolerante und ehrliche Menschen zumeist eine schwer zu bewältigende seelische Herausforderung dar. Der alte Adam, die alte Eva – beide fühlen sich provoziert. Sie hätten Bedarf, das gnädige Auge irgendeines Gottes oder, sagen wir lieber, das Verständnis großherziger Menschen zu verspüren. Es handelt sich ja schließlich um ein „menschlich, allzu menschliches" Problem, das nur mit humaner Kommunikation zu lösen ist; auf jeden Fall nicht durch inakzeptable Gewalt. Auf einen deus oder eine dea ex machina oder auf religiöse Toleranz ist kein Verlass – eher das Gegenteil ist der Fall.

Bis in die neueste Zeit hält sich der Anspruch auf den Partner als ein quasi sachenrechtliches Eigentum. Das gilt besonders für Ehepaare. Eine Fremdbeziehung, ja, schon ein Seitensprung, ist automatisch ein Scheidungs- oder ein Trennungsgrund, gleich auch, ob es sich um eine Nah- oder Fernbeziehung handelt. Der oder die Dritte werden nicht geduldet, selbst dann nicht, wenn die Partner sich bei Beginn der Drittbeziehung von vornherein ehrlich und wahrhaft aufgeklärt verhalten haben oder sogar konventionelle Grenzen haben überspringen können; insbesondere, wenn sie den im ersten Moment geradezu unerträglich erscheinenden Konflikt eingehegt haben – z.B. durch die Vereinbarung von Besuchsregeln wie bei „Scheidungsfällen" oder durch andere Absprachen, etwa bilaterale Sanktionsabkommen wie die temporäre Aufkündigung von intimen Beziehungen. Selbst zeitlich lange tolerierte Perioden eines Dreiecksverhältnisses zwischen den Partnern gelangen nur selten zu einer wirklichen Befriedung – oft wohl, weil die Verletzungen zu Beginn der Dreieckskonstellation zu tief gewesen sind. Der oder die Dritte scheint als Eindringling ein Störenfried zu bleiben, der nach Meinung des wider Willen beteiligten Partners am besten friedlich eliminiert werden sollte.

So gut wie nie entwickelt sich zwischen den drei Betroffenen eine Freundschaft. Als ein „Viel" an Toleranzleistung wird oft schon bewertet, wenn Verständnis, Höflichkeit und eine Art freundliches Interesse zwischen den Betroffenen herrscht – als wäre das nicht eigentlich eine Selbstverständlichkeit zumindest unter halbwegs gebildeten Westeuropäern.

Aber auch dann noch ist ein Gespräch wie der folgende fiktive Dialog möglich, der sich auf einem Spaziergang entspinnen könnte:

„Sie steht zwischen uns", sagte sie.
„Für mich nicht", antwortet er.
„Klar, für dich nicht, du bist ja der, der sich auf diese Beziehung eingelassen hat."
„Was hat das damit zu tun?"
„Alles."
„Sie steht nicht zwischen uns. Du stellst sie zwischen uns."
„Bin also ich schuld? Du definierst die Welt allein nach deinen Vorstellungen und deinen Interessen."
„Niemand ist frei davon, das zu tun; auch du nicht."
„Das musst du mir für diesen Fall erklären."
„Ich finde, dass du wirklich eine große Toleranzleistung erbringst. Du hast meine Beziehung zu ihr über zehn Jahre geduldet. Aber

in der gleichen Zeit habe ich mein Versprechen erfüllt und bin in Liebe bei dir geblieben. Und das nicht nur formal, sondern wirklich im tatsächlichen Leben, insbesondere auch in Krisensituationen. Das weißt du. Du hast das aber möglicherweise verdrängt, mir jedenfalls nicht zugutegehalten. Damit tust du nun mir Unrecht, aber auch ihr. Denn sie hat kein einziges Mal versucht, mich aus unser beider Verbindung herauszulösen, weil sie meine für sie sehr schmerzliche Entscheidung auf sich genommen hat, dass ich in der Hauptsache bei dir bleibe und Absprachen wie Treffen nur einmal im Monat, keine Besuche in ihrem Haus, keine Opern- und Theaterbesuche außerhalb unserer Stadt getroffen habe. Und trotzdem hat sie sich nicht von mir getrennt, obwohl ich ihr diese Option, sich von mir zu lösen, ausdrücklich auch von mir aus von Anfang an und für immer eingeräumt habe."

„Das ist das Mindeste, was ich von dir erwarten muss."

„Das Mindeste, was du erwarten musst? Aber darf ich dann nicht auch von dir erwarten, dass du nach so langer Zeit meine Entscheidung für dich u n d für sie auch innerlich selbst akzeptierst? Wir, sie und ich, haben doch bewiesen, dass wir uns liebevoll und verantwortlich verhalten. – In den ersten Jahren habe ich noch Verständnis dafür gehabt, dass du mir gegenüber misstrauisch warst und mein Verhalten mit großer Wachsamkeit und Aufmerksamkeit beobachtest hast. Aber inzwischen ist doch offensichtlich, dass ich mich an meine Versprechen halte. Aber anstatt dass du dich entspannst, haben sich deine Wahrnehmung und deine Befürchtungen der ersten Monate und Jahre zu einer Sichtweise verfestigt, die jede Entspannung unserer Beziehungen konterkariert. Du und sie – ihr könntet von euern Charakteren her und von euerm Herzenstakt her beste Freundinnen sein. Aber stattdessen verhärtet sich die Situation. Und statt Zuneigung und Verständnis für einander zu hegen, geraten wir beide in die Mühle von Problemen und Schwierigkeiten, die eigentlich nicht bzw. nicht mehr nottun. Und es besteht die Gefahr, dass wir allesamt darüber unglücklich werden. Da wir im Prinzip aber gutherzig sind und niemand einen anderen verletzen oder schädigen will, kann ich nur vermuten, dass wir einander alle überfordern, was wiederum auch niemand will. Dabei ist alles einfach nur menschlich. Können wir uns nicht doch in der Weise verständigen, dass wir uns alle gegenseitig respektieren und wertschätzen und eine Neigung zueinander entwickeln? Das ist jedenfalls besser als irgendeiner personalisierten Eigentumsideologie hinterher zu laufen."

Sie gehen nebeneinander her, aber keiner von ihnen findet das alle und alles bewegende richtige oder rechte Wort.

Das Schweigen hält lange an. Dann beginnen sie von anderem zu sprechen. Noch schwerer als sonst lasten die alten Probleme auf ihnen.

Aber sie kennen sich zu genau und wissen voneinander, dass sie sich gegenseitig nicht verlassen und damit verraten werden.

Recht hat keiner von ihnen. Jedenfalls nicht zu hundert Prozent. C' est la vie.

24. Mutmaßung eines alten Existentialisten

Diese Frau lebt aufgrund ihres liebevollen Wesens auf andere zu, auch nachdem sie, seine Grand Amour, sich von ihm in liebevoller und rücksichtsvollster Weise getrennt hat. Sie will für andere da sein und gebraucht, ja ggf. auch benutzt werden. Ihr ‚Für-sich' realisiert sich bei ihr in einem ‚Für-einen-anderen-Sein' und damit in einem von sich selbst ablenkenden ‚Woanders'. Die von ihr angesagte und vollzogene Trennung von ihm, ihrem langjährigen Lover, der für sie nun plötzlich wieder zum Anderen auf Distanz geworden ist, hat sie sicherlich auch auf sich selbst zurückgeworfen (und den vorher geliebten Anderen ebenfalls auf dessen eigenes Selbst).

Nun sucht sie ganz entspannt im Außen nach neuem Halt, den er ihr von Herzen gönnt: in ihrer Familie, in neuen Freundschaften und früher oder später, in einer neuen Liebe, d.h. in einem neuen Woanders, das den gleichen Gesetzen unterliegt, wie das alte Woanders, auch wenn es den Reiz des Neuen mit neuen Illusionen, neuer Jugendlichkeit und - hoffentlich auch - mit einem frischen Sex zumindest auf Zeit bietet. Das alles findet er absolut legitim.

Immerhin – sie dürfte in Zukunft mit einem gestärkten Selbst in diese neue Liebe hineingehen. Die Vernunftentscheidung, ihre alte Beziehung zu verlassen, zeigt ihre Stärke und erweist ihren Mut. Die damit verbundene Operation am Herzen ihres Ex(istenzialisten) muss dieser als normale Härte ertragen können; denn er will ja vorrangig ihr Glück und ihren Seelenfrieden. Es soll sich für sie gelohnt haben und dauerhaft lohnen, dass sie über eine so lange Zeit so eng beisammen gewesen sind.

Denkbar – und wortlos in diese Betrachtung eingeschlossen – ist aber auch das ‚Ereignis des Unmöglichen'. Man weiß ja nie, wie

115

das Schicksal spielt. Aber darauf setzt er nicht. Er weiß noch nicht einmal, ob er das überhaupt wollen sollte. Für all diese Möglichkeiten aber gilt das oben schon zitierte Wort des Mephistopeles in Goethes Faust vom notwendigen Untergang alles Entstandenen. – Ales klar? Oder ist das etwa zu einfach ausgedrückt?

Nun, er kann das auch für die Freunde der Philosphie ein wenig anders darlegen, etwa so: Auch im Falle einer verlorenen Liebe gilt der mephistophelische Algorithmus, verstanden als dialektische, schrittweise umzusetzende Arbeitsanweisung: Der Nullwert alles Entstandenen verdient keinen Bestand und vernichtet sich daher selbsttätig oder wird von außen vernichtet werden.

Er meint das alles kein bisschen zynisch. Wie käme er dazu. Denn dieser Prozess ist immer auch eine traurige Realität, eine Vorstufe höllischer Prozesshaftigkeit auf der Straße ins Nichts.

Bei aller Liebe – so ist es nun einmal, zumindest nach menschlichem Maß.

25. Alle Farben – schwarz

Sie hat ihm zu seinem Geburtstag einen Herzenswunsch erfüllt und ihm die Worte „Alle Farben – schwarz" als kleines Lettering-Kunstwerk in Schwarz auf Weiß in einem sanftgrünen Passepartout mit schwarzem Rahmen geschenkt. Das von ihr selbst geschaffene Bildwerk steht in seiner Bücherwand rechts hinter seinem PC.

Wie hat er sich darüber gefreut. Immer wieder fällt sein Blick darauf. Einen Moment leuchtet darin eine wie frisch geborene Liebe auf mit all ihrer Leidenschaft: Für ihn wirkt das Bild wie ein Schweifstern, der durch seine Seele zieht, hell von innen strahlend, aber zugleich auch dunkel und geheimnisvoll. Es hat lange Zeit gebraucht, bis er diesen Spruch in seiner Tiefenwirkung erkannt hat. Dabei weiß er, dass seine Phantasie ihn zugleich zum Narren hält.

Ihm ist klar, worum es hier vordergründig geht. "Alle Farben – schwarz" ist der Hinweis darauf, dass Schwarz der gemeinsame Urgrund aller Farbe ist. Denn alle Farben sind in Schwarz enthalten, im Schwarzen liegt sozusagen der energetische Kern der Farbenpracht.

So bleibt auch in einer Freundschaft nach einer Trennung als Liebespaar immer ein Restbestand an Liebe erhalten – jedenfall dann, wenn die Trennung in gegenseitigem Verständnis oder sogar in innigem Einvernehmen erfolgt ist; und das gilt auch dann, wenn ein Teil des Liebespaares die schmerzliche Wirkung der Trennung vorausgesehen und rechtzeitig gewarnt und versucht hat, sie nach Möglichkeit durch eine Vitalisierung der Beziehung zu verhindern.

So ist es bei ihnen gewesen. Er steht daher zu seiner konstruktiven, aber schon damals wohl illusionären Ansage, dass ihnen eine Wiedersehenspause von drei Monaten würde helfen können, ihre Beziehung zu reaktivieren. Diesen Vorschlag hat er ihr bei einem Kurzbesuch einige Wochen vor der eigentlichen Trennung gemacht, sichtlich zu ihrer Erleichterung. – Er hätte es besser wissen müssen und hat es auch gewusst. Aber er kann die tiefen Spuren einer über zwölfjährigen leidenschaftlichen Liebe nicht auswischen, als handele es sich um ein Thema in Kreideschrift auf einer Wandtafel. Nein, er hat um diese Liebe gekämpft, ohne sie dabei allerdings in ihrer Entscheidungs-freiheit zu beeinträchtigen, ohne sie gewollt und bewusst unter Druck zu setzen. Das hätte sie und auch ihn selbst in seinem Freiheitsge-fühl verletzt.

Warum hat er diesen Vorschlag überhaupt gemacht? Weil sie als Chefin einer sehr erfolgreichen Anwaltspraxis schon Monate zu-vor keine Zeit mehr gefunden hatte, die Fernbeziehung zwischen ihnen in ihren begrenzten Möglichkeiten tatsächlich auch zu leben? Objektive Gründe hat sie genug (hohe Arbeitsbelastung, Zeitmangel, Erschöpfungszustände usw.). Eine gewisse Bedeutung erlangt als negative Rahmenbedingung auch die Corona-Pandemie, die sie bei-de unter Druck gesetzt hat: sie durch neue Herausforderungen auch in ihrer beruflichen Arbeit, ihn durch einen dramatischen Krankeits-fall in seiner eigenen Kernfamilie, um den er sich vordringlich hat kümmern müssen – auch das eine restriktive Erschwernis für seine ferne Liebe, zu deren Ehre er sagen muss, dass sie sein Verhalten nicht nur verstanden, sondern unterstützt hat und überhaupt nie, nicht ein einziges Mal versucht hat, ihn aus seinem Familienzusam-menhang herauszulösen – in der Erkenntnis vielleicht, dass er sich nicht hätte trennen können, in der Hauptsache und bestimmend aber aus ureigenem Anstand.

Hinzu sind andere wichtige Faktoren getreten wie ein tragischer Todesfall in ihrer Familie, eine Schwächephase ihres geliebten, in-zwischen betagten Vaters, um den nun sie sich vorrangig hat kümmern müssen. Und dann auch noch ein Unglück in ihrem Freundeskreis, das sie belastet und gefordert hat.

Eine gewisse Rolle wird auch gespielt haben, dass sich die vorher regelmäßig gemeinsam erlebten Opern-, Theater- und Museumsbesuche nicht haben realisieren lassen: Er hat dadurch die Lebensfreude spendende Funktion als engagierter Begleiter und Theaterfan über Nacht verloren. Unter solchen Bedingungen, so sieht er das, ist weiter erschwerend hinzugetreten, dass er als verheirateter Mann selbst nicht frei ist, jederzeit für sie da zu sein. Seine sehr tolerante Ehepartnerin hat seine Beziehung zu ihr zwar nicht akzeptiert, sie aber nolens volens zugelassen – wenn auch unter Bedingungen wie ‚keine Besuche bei ihr in ihrer Stadt‘. Und hinzugekommen ist, dass er sich selbst in dieser Zeit aus den genannten vordringlichen Gründen nicht hat freimachen können für sie und nur eingeschränkt ansprechbar gewesen ist.

Und dann gibt es noch einen überragend kritischen Faktor, den er ehrlicherweise nicht ausklammern kann und der in seiner eigenen Person liegt: in seinem Alter nämlich. Er ist in den Achtzigern und seine Liebe ist zwanzig Jahre jünger. Der Altersunterschied, der naturgemäß von Anfang an da gewesen ist, hat mit den Jahren objektiv an Bedeutung gewonnen. Das rechtfertigt schon aus sich heraus, dass sie frei bleiben muss. So hatten sie es ganz zu Anfang ihrer Beziehung auch vereinbart: in dubio pro libertate, im Zweifel für die Freiheit. Nach sieben Jahren, so war es ursprünglich verabredet, haben sie ihre Verbindung lösen wollen, was aber wiederholt gescheitert ist, weil beide diesen Gedanken nicht haben ertragen können. Nun zwingt er sich, ist unbedingt gewillt, sich an die ursprüngliche Absprache zu halten, sie bei erster Anforderung, ohne zu klammern, gehen zu lassen, wenn und wann immer sie es wünscht. Und das tut er auch, so gut er es kann – wenn auch mit einigen temporären Schwierigkeiten und unter einem Trennungs-schmerz, der ihn stärker trifft als erwartet, und der sie natürlich auch belastet. Er hat sich immer den Satz von Picasso zum Maß-stab gesetzt, der gesagt haben soll, man sei so alt, wie man sich fühle. Und er fühlt sich eben immer noch wie ein liebender Mann und keineswegs überaltert oder überlebt oder aus der Zeit gefallen. Ohne ein Recht dazu zu haben, ist er daher enttäuscht, weiß aber, dass er das in sich und mit sich allein abmachen muss. Damit darf er nicht sie belasten. Das versucht er auch, aber es gelingt ihm in der Anfangszeit der Trennung nicht immer.

Heute beginnt ihr Urlaub, dessen Beginn sie nicht wie früher ein Wochenende lang zu ihm in seine Stadt führt, sondern in das von beiden geliebte Berlin oder sonst wohin, wo er nicht sein kann. Er fühlt sich zugleich mit Recht, aber vor allem zu Unrecht links lie-gen gelassen. Er lebt in einer ausgesprochen schwierigen Situation. Daher sucht er nach Klarheit und Erleichterung und wendet sich wieder verstärkt seiner Philosophie und seiner literarischen Arbeit zu. Und nach einer Zeit, die länger und schwieriger ist, als er je geglaubt und sich zugestanden hat, gelingt ihm ein Abschied auch vom Innersten her. Und beide, sie und er, erarbeiten sich damit die Basis für eine tiefe Freundschaft, die sie unbedingt halten wollen.

„Salut, mon amour", hat er sich vorher im Stillen wie ein Mantra immer wieder gesagt und immer wieder wiederholt. Aus Einsicht kämpft er nicht mehr um sie. Und folgerichtig geschieht kein Wun-der. Denn so kann er ihr objektiv keine positive Energie mehr in Richtung auf eine Reaktivierung ihrer Liebe vermitteln. Der Satz: "Alle Farben – schwarz" und seine innere Bedeutung hilft ihm, die notwendige Distanz zu gewinnen.

26. Tango Argentino

Obwohl es sich formal um eine Veranstaltung mit offiziellen Gästen gehandelt hat, an der er aus dienstlichen Gründen und in amtlicher Funktion hat teilnehmen müssen, und obwohl er sie eigentlich bei einem früheren Treffen hätte kennenlernen sollen, ist er dieser Frau auf diesem Empfang zum allerersten Male begegnet. Und dennoch haben sie sich beim Abschied umarmt, geherzt und geküsst – richtig, auch auf den Mund, und das öffentlich, weil es sich so ergab, nein, weil es anders nicht ging. Das war kein großer Skandal, aber aufgefallen ist es, und missfallen hat es auch.

Zuerst ist sie ihm in der Vorhalle des Rathauses der Freien und Hansestadt, des Tagungsortes, aufgefallen. In einem kurzen offenen schwarzen Mantel ist sie mit federndem Gang Richtung Garderobe geeilt – eine elegante Erscheinung, die sich wie eine Tänzerin bewegt hat. Eigentlich aber hat er sie zuerst richtig wahrgenommen, als er zufällig hinter ihr die breite Treppe zum Senatsgehege hinaufstieg. Hier hat sie leichtfüßig und ganz gelassen die mit einem dicken roten Teppich belegten Stufen genommen und dabei in ihrem schwarzen Kleid so attraktiv gewirkt, dass er seine Augen nicht hat abwenden können von ihr. Beim ersten Treppenabsatz hat sie sich spontan zu ihm umgedreht und ihn sehr direkt mit einem entwaffnend freien Blick gemessen, fast so als habe er verbotenerweise ein Auge auf sie geworfen. Er ist nur zu einer knappen Verbeugung und einem kleinen Lächeln in der Lage gewesen. Und sie hat sich sofort wieder abgewendet.

Wie sich dann eine halbe Stunde später herausstellt, ist es genau diese Frau, die ihm das Protokoll für das anschließende Festessen als seine Tischdame zugeteilt hatte. So stehen sie sich wieder gegenüber, erkennen sich und lächeln sich an und haben schon Ge-

sprächskontakt. Sie, Mitglied einer argentinischen Wirtschaftsdelega-
tion auf Staatsbesuch im Rahmen einer südamerikanischen Woche,
entpuppt sich im Laufe des Abends unerwartet als kämpferische
Sozialistin, deren Familie unter der Diktatur der Militärjunta von
General Vileda sehr schwer zu leiden gehabt hat. Vor diesem Hintergrund gewinnt ihre eindeutig widerständige politische Haltung für
ihn eine überzeugende Glaubwürdigkeit.

Es ist naturgemäß ein großer Unterschied, ob man in einer Demokratie mit Zivilcourage und Mut zum Risiko durch klare oder auch
kämpferische Statements im offenen Meinungskampf ein Staatsamt
oder einen Parteiposten riskiert, oder aber, ob man in einem autoritären Staat sein Leben, ja, seine Existenz und schlimmstenfalls auch die
seiner Familie aufs Spiel setzt. Es gehört große Charakterstärke dazu,
um in einer Diktatur durch konkrete Widerstandsakte für Freiheit
und Recht zu kämpfen; und sei es auch „nur" durch die Teilnahme an
verbotenen Demonstrationen oder durch die Verteilung von illegalen
Flugblättern. Es ist leicht verständlich, dass es in unserer liberalen
Gesellschaft wegen der in ihr obwaltenden freiheitlichen Bedingungen nur wenige Möglichkeiten gibt, eine solch' besondere Aura
zu gewinnen, wie seine Gesprächspartnerin sie ausstrahlt. Sie ist für
ihn jedenfalls eine faszinierende Ausnahmeerscheinung.

Aber es liegt nicht nur an der Ausstrahlung der Fremden an seiner
Seite, die ihn von vornherein angezogen hat. Maßgeblich dafür ist
vor allem ihr Kommunikationsverhalten: eine intuitive, auch nonverbale
Kommunikation, in der sie sich einander annähern, weit über ein
normales Gesprächsinteresse hinaus. Ihr lebhafter und zugleich
wissender Blick spielt eine besondere Rolle: Es ist der Abgrund
eines Blickes. In den schwarzen Augen dieser Frau, in die er sich
behutsam einzufühlen beginnt, erkennt er intuitiv ein leidenschaft-
liches Engagement, wie es oft aus bitteren Erfahrungen erwächst,

aus bewältigten Kämpfen und bestandenen Widersprüchen. Seine Empathie verführt ihn auf Abwege. ‚Vermutlich ist es der Abglanz des Widerstreits verschiedener Seelen in ihr‘, überlegt er, ‚vielleicht die zwiespältige Auseinandersetzung um ihr Selbst und die eigene Selbstbehauptung im Kampf um Freiheit, Recht und Gerechtigkeit in ihrem Land. Oder es ist ein Anzeichen bewältigter Konflikte in ihrer Famile oder eventuell auch ausgehaltener Beziehungskrisen, vielleicht gar der Ausdruck eines Binnenkonflikts um Wahrheit und Wahrhaftigkeit.‘ Spürbar wird für ihn in fast jeder ihrer Äußerungen ein überstarker Wille, der auf Selbstbestimmmg und Freiheitsstreben aus ist, ohne dabei aber nach Dominanz zu streben. – Natürlich, er weiß das alles nicht (sie kennen sich ja gar nicht), es befällt ihn nur eine Art intuitiver Ahnung. Sein Unterbewusstscin signalisiert ihm, dass diese Frau etwas erlebt haben muss, was schwer zu ertragen gewesen ist, das sie aber zu überwinden gewusst hat.

Er beruft sich. Es ist sicher ein emotionaler Exzess, sich einzubilden, sie könne für ihn und seine eigene Widersprüchlichkeit Verständnis zeigen, vielleicht sogar, für sein Leiden an sich selbst, verursacht durch einen persönlichen Verlust. Es ist sicherlich nur eine irrsinnige Hoffnung, die reine Illusion zu glauben, es mit einer Frau zu tun zu haben, die so zugewandt, so empathisch ist, dass sie ihm im stahlblauen Eis seiner Einsamkeit beistehen könnte, nähme sie wahr, in welchem Zustand er ist, welcher Druck auf ihm lastet. Er träumt jenseits jeder Realität den Traum von einem tiefen Verständnis, einer Art von objektiver Komplizenschaft, die er eventuell auch nur als seelische Solidarität würde erfahren können. Doch er ruft sich erneut zur Ordnung. Kein Wort davon. Er wird sich ihr nicht zeigen.

Aber diese Frau verströmt eine derart intensive Aura, dass er ohne jeden sachlichen Grund plötzlich Luft schöpft und unbewusst in eine Tiefe in sich hineinatmen kann, die er lange vermisst hat. Er hat durch psychisches Training zu glauben gelernt, dass eine solche Tiefenatmung in einem Berge versetzen, fast einer Spontanheilung gleichkommen kann wie etwa nach einer erfolgreichen Seelentherapie. Jedenfalls merkt er, wie er sich aus seiner Mitte heraus mit jedem Atemzug zu erholen beginnt. Nicht nur von den Mühen einer überaus hektischen Arbeitsperiode, sondern von einer Müdigkeit ganz anderer Qualität. Er fühlt sich wie befreit von einem chronischen Fatiguesyndrom, von diesem bleiernen Zustand mangelnder Energie, den er mit dem bloßen Willen nicht oder nur zeitweise hat niederkämpfen können – trotz größter Willensanspannung nie ganz und endgültig. ‚Oder ist das alles hier nur eine Art von Wunschdenken‘, fragt er sich.

Die Frau neben ihm, deren Ausstrahlung auf ihn wie eine erhellende Kraftübertragung wirkt, hilft ihm nun, ohne von ihm zu wissen (oder fühlt sie intuitiv doch etwas?), allein durch ihre Anwesenheit kraft ihres Wesens mit einem Energietransfer, der sich wie von selbst einen Weg zu ihm bahnt. So empfindet er es und er fragt sich sehr ernsthaft, ‚ob da mehr im Spiel als so etwas wie Selbstsuggestion.‘

Ja – da ist ihr Gespräch, allein schon die Art, in der sie miteinander sprechen. Ihre dunkle Stimme und ihre natürliche Aussprache erreicht ihn unmittelbar. Sie spricht ein reines Oxford Englisch, das sie sich während ihrer Tätigkeit im Auswärtigen Dienst ihres Landes in London angeeignet hat. Er dagegen ist nur auf sein normales Alltagsenglisch angewiesen, das er allerdings auf einer Sprachschule bei London vertieft hat. Der sprachliche Klassenunterschied zwischen ihnen ist eindeutig. Gleichwohl harmonieren sie vom ersten Moment an, auch weil sie ihm mit siebten Sinn bei der Wortfindung ganz praktisch, dabei geduldig und charmant, weiterhilft. Sie sind auf einer Wellenlänge. Zuerst unterhalten sie sich im Rahmen eines höflichen Small Talks. Sehr engagiert sprechen sie über internationale Politik und Völkerrecht, konkret über den Nord-Süd-Konflikt und dann sehr intensiv über Kultur und Kunst, dabei insbesondere über Konzertmusik, Opern und Ballette, z.B. Tschaikowskys Schwanensee und die Neufassung des Stoffes, z.B. in Fred Rydman's Swan Lake Reloaded, diesem eindrucksvollen Crossover von traditionellem Ballett und Techno Streetdance. Und daraus entwickelt sich eher überraschend der Hauptpunkt ihres Gesprächs, der Tango Argentino. Dieser Gegenstand nun ist nicht, wie man denken könnte, mit ein paar Worten abgetan, etwa nach der Devise: ‚It takes two to tango'. Das wäre ein großer Irrtum.

Seine Gesprächspartnerin – sie reden sich inzwischen mit Vornamen an –, ist wirklich total überrascht und fühlt sich erkennbar zu ihm hingezogen, als er dieses Thema ins Gespräch bringt und nach ihrer Sicht fragt. Jedenfalls legt sie ihre Hand auf seinen rechten Arm und drückt ihn leise, als er ihr mit höchster Aufmerksamkeit zuhört, während sie über die kulturellen Hintergründe dieses Tanzes in ihrem Land spricht. Er ist fasziniert von dem, was sie erzählt. Und für sie ist es höchst ‚surprising', dass er ‚as a cool German' sich so überaus interesssiert zeigt speziell an der Philosophie des argentinischen Tangos und dass er sich zumindest als halbwegs gut informiert erweist, wie seine Nachfragen zeigen.

Natürlich trägt auch er seine Sicht vor und stellt sie zugleich zur Diskussion. Schnell sind sie sich einig, dass man diesen Tanz nicht als ein Spiel machohafter Unterwerfung der Frau durch den Mann sehen darf (wie dieser Tango oft getanzt wird), sondern dass es entscheidend darauf ankommt, gleichberechtigt eine emotionale, ja, fast seelische Verbindung zwischen den Tanzpartnern herzustellen. Klar ist, dass dies nur auf Basis von höchstem Einfühlungsvermögen funktioniert, wie es aus Kreativität und Phantasie, Sehnsucht und Passion entstehen kann. Letztlich entscheidend ist, sich gegenseitig durch Achtsamkeit, Präsens und Improvisation freie Spielräume zu schaffen und zu schenken – und all dies in hohem Respekt der Tanzpartner voreinander. So gebiete es die Tradition. Nur so kann, auch darin stimmen sie überein, eine innere Verbindung zwischen dem Tanzpaar entstehen, die Frau und Mann als harmonische, ja liebevolle Einheit erscheinen lässt. Ein solches Miteinander, sagt sie, könne dann wie ein Bekenntnis gegenseitiger Liebe wirken und nahezu religiöse Züge annehmen; dieser Tanz habe ihres Erachtens die gleichen Voraussetzungen wie ein ernstes erotisches Liebesspiel, das sehr wesentlich auf Achtsamkeit, Toleranz und vitaler Improvisation beruhe.

Sie stimmen ganz einfach überein. Seine Partnerin ist, das sagt sie so, ‚berührt‘, solche Einsichten mit einem ‚doch eher zurückhaltenden deutschen Europäer‘ teilen zu können. Sie strahlt ihn an, als er berichtet, er habe in einer Tanzschule einen Sonderkurs „Tango Argentino" belegt. Und sie erzählt, zart errötend (warum nur?), dass auch sie eine begeisterte Tangotänzerin sei.

Von da an gewinnt ihr Gespräch eine Tiefe, die sie immer wieder in Blicken ausschöpfen und zum Ausdruck bringen, weil die zugehörigen Worte zu intim gewesen wären für ein Gespräch auf einem offiziellen Empfang in Anwesenheit Dritter. Sie können nicht aufhören, sich längere Zeit anzuschauen – auch ohne Worte. Sie sind absolut voneinander fasziniert; wie aneinander gefesselt wirken sie. Er glaubt bis heute fest daran – aber er weiß nicht wirklich, ob es so gewesen ist –, dass sich zwischen ihnen in diesen Augenblicken tatsächlich so etwas vollzogen hat wie eine sich gegenseitig verstärkende Fremd- und Selbstsuggestion. In der Sprache ihrer Blicke wird der Tango Argentino für sie auch ganz persönlich zum Inbild eines freien Liebesspiels, zu einer erotischen Verknüpfung, geboren aus Offenheit, Emotion und Respekt vor der kulturellen Tradition dieses Tanzes, aber auch, und dies erst recht, wegen ihrer situativ übereinstimmenden Seelen- und Gefühlslage. Und das alles entwickelt sich in ihrem gegenseitigen Augenspiel, ohne dies alles zu benennen oder mit zu großen Worten zu belasten. Aber sie spüren das gegenseitige Verlangen bis in ihre seelisch-körperlichen Verfassungen hinein.

Wer so etwas erlebt, ändert sich in existenzieller Weise – er stößt nicht nur an die Grenze individueller Lebensbewältigung, sondern geht wesentlich darüber hinaus und erlebt, was Transzendenz ist oder sein kann.

Natürlich fallen sie auf. Aber das ist ihnen gleich. Zudem unterhalten sich die anderen Tischpartner angeregt und lassen sie mit großer Toleranz sie selbst sein – typisch ist das für das großstädtisch-großzügig geprägte Klima in der Freien und Hansestadt Hamburg. Für ihn ist dieser Wortverzicht nichts anderes als eine andere innige Sprachebene oder eine unausgesprochene, unaussprechbare Kommunikation ihrer Seelen. Zu versuchen, diese ansatzweise in Worte zu kleiden, sie näher zu benennen, das lässt die Situation nicht zu. Dennoch. Nach langer Zeit vernimmt er wieder die wortlose Stimme einer pulsierenden vitalen Zugewandtheit, einer lebendigen Zwiesprache, die der Zufall ihnen beiden schenkt – wenn es denn einen solchen Zufall gibt.

Was ist die Hohe Schule der Kunst, mit der er sich zu eigener Rettung umgeben hat, gegenüber dem Ernst und der Tiefe dieser Frauenseele, die auf der Suche zu sein scheint wie er. Er kann den Blick auch jetzt nicht abwenden von ihr. Sie, ihr Wesen allein, bewirkt, dass er so tief atmen kann. Es sind tiefe Atemzüge, befreiend, wie angedeutet, nach langer Brustenge: ein langes tiefes Einatmen und im Gegenzug dann wieder ein unwillkürlich tiefes Ausatmen, das loslassen und womöglich endgültig Verlorenes aufgeben kann. In diesen Augenblicken erlebt er so etwas wie die Vorahnung eines befreiten Lebens nach langer, selbst auferlegter seelischer Eingesponnenheit und Isolation. – Ist es für Außenstehende möglich, sich vorzustellen, was das für ihn bedeutet: dieser Gedanke an die Befreiung von einer unerfüllbaren, nicht lebbaren Liebe, Befreiung von einer widersprüchlichen Zerreißprobe, die er jeden Tag neu hat bestehen müssen in seiner leergefegten Seele? – Und nun diese Compassion inmitten der profanen Atmosphäre eines offiziellen Festessens.

Für ihn öffnet sich, ohne dass er das damals aus dem Stande heraus so hätte formulieren können, eine zweite Ebene der Wirklichkeit. In dieser spürt er rund um sich herum einerseits so etwas wie eine wesentliche innere Stille, andererseits nimmt er gleichwohl noch das Geflatter von unwichtigen, passageren Begenheiten wahr, die sich in der Geräuschkulisse von weit über hundert Gesprächen spiegeln.

Doch dieser Lautpegel eines anonymen Kommunikationsgeschehens wird überdeckt durch ein leises fernes Rauschen, das von weither auf ihn zukommt wie eine schicksalhafte Sendbotschaft. Aber auch gegen diesen Gedanke wehrt er sich sofort. ‚Bleib sachlich‘, sagt er sich, ‚dies ist ein wunderbarer Flirt.‘ Nur glaubt er nicht an das, was er sich da sagt.

Es ist schon eigenartig, auf wie viele unterschiedliche Weisen das allgemein verloren gegangene Bewusstsein von Schicksal und Schicksalhaftigkeit sich in der Wirklichkeit eines Menschen zurückmelden kann und sich damit in seiner ungebrochenen Wirkkraft unter Beweis stellt. Bei ihm ereignet sich das hier gerade in einer undramatischen stillen, ja, liebevollen Weise, fast wie eine verstehende, alles verzeihende Pflichtenmahnung mit einem Aufruf zu Neubeginn, zu neuem Leben nach einem für unverwindbar gehaltenen und wirklich auch unwiederbringlichen Verlust. Er hat sich gefühlt wie auf verlorenem Posten, umgeben von sachlichen Zwängen und persönlichen Einschränkungen. Und hier in diesem Austausch mit dieser Luciana Diaz weht ihm die lebendige Idee und der Atem innerer Freiheit entgegen.

Kein Wunder, dass er, die Grenzen der Höflichkeit seinen anderen Tischgenossen gegenüber überschreitend, an diesem Abend nur noch sie sieht: Sie, von der etwas wie Befreiung ausgeht, sie, die über die Energie zu verfügen scheint, durch ihren Blick oder durch bloßes Handauflegen zu heilen. Was ist es, dass ihn derart beeinflusst: Ihre Kreativität, wahrzunehmen und sich ohne Worte verständlich zu machen in der Sprache der Blicke? Ihre Anziehungskraft, beruhend auf ihrer ernsthaften, unbedingt liebevollen Zugewandtheit?

Wie auch immer: Sie sieht ihn an, er erwidert ihren Blick, wohl wissend, dass er ihr nicht zu nahe kommen, nicht nach ihr verlangen, sie schon gar nicht begehren darf – auch nicht im Rahmen einer metaphysischen unio mystica. Nicht sie, die nicht nur aus einem ganz anderen Erdteil kommt, sondern, so nimmt er es inzwischen wahr, aus einer anderen seelischen Sphäre zu entstammen scheint, mag diese ihm noch so vertraut erscheinen. .

Zugleich empfindet er, dass in ihrer beider Kommunikation ein Moment Ewigkeit entstanden ist: mitten in dem absoluten Jetzt ihrer Begegnung   hier, in diesen Stunden, die er mit dieser Frau verbringen, nein, teilen darf, in Stunden, in der die Zeit stehen geblieben ist und sich aufgelöst hat in einer unvergänglich wirkenden Einheit, erfahrbar erst jenseits der wilden Flucht der Augenblicke, zu erleben erst diesseits der Unvergänglichkeit wirklicher Kunst, jenseits der Sprache ‚unsterblicher‘ Musik oder wahrhaftiger Dichtung.

All' diese Gefühlswelten verdankt er ihr, der fremden Frau, der er so nahe gekommen ist, dieser Luciana Diaz mit ihrem nachtdunklen Blick, in dem sich der Widerschein fernen Lichts zu spiegeln scheint, ihr, die ihm, der hoffnungslos romantisch veranlagt ist, in diesen Augen-Blicken einen kurzen Moment Ewigkeit schenkt.

Er kennt nun ihren Namen und die Stadt, in der sie lebt, aus Büchern und vom Hörensagen auch ihr Land, Argentinien. Und irgendwann wird er wissen können, in welcher Existenz sie atmet. – Aber soll er das wissen? Sie lebt in ihrem Erdteil himmelweit entfernt von ihm. Und doch steht sie ihrem Wesen nach für natürliche Ganzheit und damit so frappierend nahe seiner Sehnsucht nach Wiedererlangung eigener Ganzheitlichkeit und darüber hinaus nach… – aber wieder verbietet er sich, das Unnennbare vor sich selbst zu benennen, geschweige denn, es auszusprechen.

Doch dann meldet sich die objektive Zeit zurück. Jeder Abend, auch die schönsten Stunden gehen zu Ende. Beim Abschied nach ihrem zufälligen Rendezvous – vielleicht sollte er lieber konkret sagen: nach dem gemeinsam getanzten seelischen Tango Argentino – zieht er diese Fremde, diese Luciana Diaz vorsichtig an sich. Doch sie schmiegt sich aktiv regelrecht an ihn. Und diese Zärtlichkeit endet in einer intensiven gegenseitigen Umarmung, in der sie sich küssen, nicht er sie, nicht sie ihn – ihre Münder finden sich einfach zu einem langen Abschiedskuss.

Sie sagt: „Es la vida". – Er antwortet: „C'est la vie" und schöpft, die Achseln hebend und die Arme hilflos ausbreitend, tief Atem. Dann trennen sie sich nach einem langen letzten Blick.

*

Wenn er Tage, Wochen später an dieses Erlebnis zurückdenkt, das ihm Ereignis geworden ist – tatsächlich und in Wahrheit wird er es ein Leben lang nicht vergessen können –, stellt er immer wieder fest, dass ihm nicht nur ein leichtfüßiges Etwas widerfahren ist, sondern er eine Erfahrung von großer Tragweite hat machen dürfen.

Dieses Ereignis erweist sich für ihn als ein Sprung, der ihn aus seiner eigenen Zerrissenheit in ein befreites Leben führt, ja, ihm das Leben auf neue Weise öffnet; und dies verursacht durch eine Art wortloser Kommunikation, die tiefer gegangen ist als alles Sagbare. Dafür wird er später ganz für sich selbst ein Bild finden: ,Es ist, als habe ich Wasser aus dem Urbrunnen des Lebens getrunken.'

Ob er sich der Herausforderung, die diesem Ereignis zugrunde liegt, aber gewachsen gezeigt und sich nicht nur vernünftig, sondern auch richtig verhalten hat, das allerdings steht für ihn auf einem anderen Blatt. Das muss wohl jeder Mensch aus den Bedingungen seiner eigenen Existenz heraus ganz allein für sich entscheiden.

Nach einigen Jahren denkt er so darüber: Sein „C'est la vie" ist der Situation von damals nicht gerecht geworden. Er hätte sagen müssen „C'est l'amour". Denn es war und ist für ihn bis zum heutigen Tag der Beginn des Traums von einer großen Liebe.

*

Ob dies das Ende der Geschichte ist, weiß niemand. "Das Leben ist ein Würfelspiel" heißt es in einem alten deutschen Landsknechtslied. Während er noch diesem Gedanken nachhängt, fällt ihm ein Satz ein, den er von einem seiner Professoren an der Freien Universität Berlin gehört und der ihn überall hin begleitet hat: "Das

Leben ist kein einklagbarer Rechtsanspruch." Für ihn will dieser Satz sagen: Sein Schicksal trägt jeder Mensch auf der Grundlage seines Charakters und der Erlebnisse, die ihm in seinem Leben begegnen, ganz für sich allein. Er ist sich selbst und anderen gegenüber verantwortlich für sein Verhalten. ‚Das wohl', denkt er sich, ‚meint auch Sartre mit seiner These, dass der Mensch (also wir alle) "zur Freiheit verurteilt" ist.'

27. Eine Selbstorientierung

Sich stellen – darauf kommt es an: Nicht irgendwelchen Fiktionen die Herrschaft über sich einräumen, sondern sich der Wirklichkeit stellen, wie sie ist, sich in ihr engagieren, das ist der richtige Handlungsansatz. Und dann die Stellung halten, ohne zu weichen, notfalls bis zum eigenen Untergang. All das, ohne zu jammern, sondern notfalls mit zusammengebissenen Zähnen aushalten, was immer auch geschieht.

Unabhängig von jeweils aktuellen Grenzsituationen ist es eine Erfahrungstatsache, dass jeder Mensch, wenn er denn ein solches Glück hat, das Niemandsland zwischen Leben und Tod spätestens mit Mitte 80 betritt. Das sieht er und muss es sich offen eingestehen, ob er nun will oder nicht. Dem steht nicht entgegen, dass es noch ein paar Jahre gut gehen kann. Man muss jedenfalls bewusst und ohne jede Panik mit einem „Ableben", seinem Tod, rechnen, das auch, wenn man sich noch so optimistisch sagt: „Die 90 schaffe ich noch; vielleicht sogar ein paar Jahre mehr. "Irgendwann steht für jeden die Rückverwandlung in reine Materie an – als Heimfall an die Natur, aus der man gekommen ist.

Dabei fühlt sich der Mann, von dem hier die Rede ist, nicht überlebt, schon gar nicht abgenutzt oder aufgebraucht. Er ist interessiert und neugierig, nur inzwischen überaus besorgt, was die Zukunft angeht. Nicht etwa um seinetwillen, er macht sich vielmehr Sorgen um die Menschen, die er liebt, insbesondere um seine Familie und die wenigen noch verbliebenen Freunde, die ihm nahestehen. Ihn verfolgen aber gleichermaßen ernste Gedanken auch hinsichtlich größerer Zusammenhänge: Er sorgt sich um sein Land, z.B. um die freiheitliche Republik, für die er mehr als ein halbes Leben gearbeitet hat, um die offene Gesellschaft, in der er hat leben dürfen; und nicht zuletzt um das vereinte Europa, ja, darüber hinaus um den Frieden in der Welt.

Natürlich werden ihn manche für verrückt halten, wenn er sich als ein Einzelner solche Gedanken macht. Aber er findet das nicht nur legitim, sondern notwendig. Schließlich hat er – das ist seine Pflicht – an seinen Enkel zu denken, ja, an die ganze Enkelgeneration, die ihm sehr am Herzen liegt. Was also kann man als Einzelner, was kann er selbst noch tun?

Will man etwas unternehmen, ist der erste notwendige Schritt, sich selbst richtig einzuschätzen und zu verorten. Das ist mitentscheidend für die bestehenden Handlungsmöglichkeiten. Er, ganz subjektiv, ist ein aktives Leben gewohnt und, in gewissen körperlichen Grenzen allerdings, auch Mitte 80 noch beweglich. Für ihn haben die Sterne von Geburt an günstig gestanden. Er ist von seinen Eltern geliebt worden und hat trotz Krieg und Nachkriegszeit eine glückliche Kindheit erlebt. Später, als Student und Erwachsener, hat er hart gearbeitet, aber sich dennoch seine Phantasie, sein ästhetisches Gefühl für Musik, Literatur, bildende Kunst und insbesondere auch sein Interesse an Philosophie bewahrt und sich mit viel Engagement ein politisches Bewusstsein aufgebaut und erstritten. Und nicht zuletzt hat er selbst die Liebe in allen Höhen und Tiefen erfahren dürfen.

Nun ruht er im Prinzip in sich auch wegen des Glücks, das ihn, mal mehr, mal weniger, ein Leben lang begleitet hat: in der Schulzeit und während des Wehrdienstes genauso wie während seines Studiums als Werkstudent und später im aktiven Berufsleben. Er hat schon als Student die richtige Frau für sich gefunden, ihre Liebe ist groß und hat trotz z.T. erheblicher Probleme in der Familie gehalten. Natürlich hat er auch schwere Enttäuschungen zu verkraften gehabt, aber die haben ihn nicht umgeworfen. Die als Lieblingswahlspruch von Hemingway bezeichnete Aussage, zumindest sinngemäß in „Der Mann und das Meer" formuliert, hat ihm zur Seite gestanden. Sie lautet: „Ein Mann kann zwar vernichtet, aber er kann nicht besiegt werden." So hat er sich letztlich konsequent durchgebissen, wenn es hart auf hart gegangen ist. Er glaubt von sich sagen zu dürfen, dass er auf Basis seiner humanistischen Grundeinstellung menschlichen Anstand auch in Kämpfen, in Siegen und in Niederlagen, gewahrt hat und nach einem Sturz immer wieder aufgestanden ist. Und nun hat er eine natürliche Abschlussphase erreicht, die eine Neuorientierung im Selbstversuch erfordert. Er sieht diese sogar als nützlich an, weil er damit zugleich erworbenes Wissen und Erfahrungen anderer (insbesondere an seine Kinder und Kindeskinder und an „die, die es angeht") weitergeben kann, sofern sie daran jetzt oder zu einem späteren Zeitpunkt Interesse haben.

Auf dieser Grundlage versucht er, die Welt nicht so wie sie scheint, sondern, wie sie wirklich ist, zu sehen und zu nehmen, ohne dabei ein bloßer Faktenknecht zu werden. Reine Realität objektiv zu beschreiben, ist verdienstvoll und verdient Respekt. Aber bei der Interpretation von Tatsachen dürfen die Gedanken und Träume der handelnden Menschen nicht übersehen werden. Die Leitkraft von Utopien sollte nicht unterschätzt werden. Dafür hat Goethe eine treffende Maxime für das Beispiel guter Menschenführung entwickelt. Er sagt: "Wenn wir die Menschen nur nehmen, wie sie sind, so machen wir sie schlechter; wenn wir sie behandeln, als wären sie, was sie sein sollten, so bringen wir sie dahin, wohin sie zu bringen sind." – Chapeau, Herr Geheimrat!

Bewusste Unwahrheit und blanke Lügen hingegen, die oft aus Scham verbreitet und häufiger noch von Eigensucht und vermeintlichen Eigeninteressen diktiert werden, bedeuten früher oder später den Niedergang der Lügner wie der Belogenen. Nein, hier gilt es, an der Wertetrias von Karl Jaspers (Wahrhaftigkeit, Freiheit, Frieden) festzuhalten. Der Mann verbindet diese Aussage mit dem Leib- und Magenspruch seines wehrhaften Vaters: 'Wahrheit sagen und Pfeile schießen!', den dieser möglicherweise von Nietzsche entlehnt hat. Diese Ansage gilt auch bei „menschlichen, allzu menschlichen" Fragen und Problemen, insbesondere in Beziehungskonflikten. Immer muss das reale Tun die Grundlage für die Einschätzung der Handlungen und der Handelnden bleiben. Für die Beurteilung einer Aktion ist entscheidend, was sie bewirkt, nicht etwa die Worte, die darüber verloren werden. Fast jedermann kennt die Aussage der Bibel: ‚An ihren Taten sollt ihr sie erkennen'. Klarer kann man kaum ausdrücken, was hier gemeint ist. Dabei darf aber deren ideeller und emotionaler Hintergrund nicht nur nicht übersehen, sondern muss erkannt und beleuchtet und bedacht werden. Aber dieser Hintergrund ist nur in zweiter Linie von Bedeutung, um nämlich die Motivation Handelnder erkennen zu können. Primär gilt immer das Wahrhaftigkeitsgebot, d.h. Aufnahme der Realität und deren Einschätzung nach bestem Wissen und Gewissen.

Der seines Erachtens unpolitischen Mehrheitsmeinung, dass man ja sowieso nichts machen oder bewirken könne, hängt der Mann ohnehin nicht an. Dann wäre man ja zu Mitläufertum mit Nachahmungstrieb verurteilt, aber nicht ein auf seine eigenen Erkenntnis- und Entscheidungsmöglichkeiten und auf die eigene Verantwortung sich besinnender Mensch. Jede, jeder muss sich nicht in unbeteiligtes Schweigen fallen lassen, sondern kann sich engagieren und etwas tun. In einer freiheitlichen Gesellschaft ist zudem jeder selbst und allein verantwortlich dafür, ob er zu den Engagierten oder zu den Angepassten und Mitläufern gehören will. Das gilt besonders für die 18- bis 58-Jährigen von heute, die sehr oft über ständige Überlastung im Beruf oder in der Berufsausbildung klagen. Generell kommt es – ganz einfach und wie überall – auf die richtige eigene Schwerpunkt- und Prioritätensetzung an. (Nur im Ausnahmefall, dann aber auch berechtigterweise, muss das nicht gelten, also etwa bei Krankheit oder bei unvermeidbaren Mehrfachbelastungen im Übermaß).

‚Das ist nicht erst heute, das war schon immer so‘, denkt der Mann, sagt sich aber gleich darauf: ‚Achtung, fang bloß nicht an, belehren zu wollen. Dann klappen viele der Jüngeren gleich die Ohren zu und spielen weiter mit ihren Handys, während ene große Anzahl der wenig Älteren schnell mit dem Urteil aufwarten: „Diese Alten haben sowieso keine Ahnung mehr von der Welt, wie sie wirklich ist; zumal sie es sind, die uns diese ganze gegenwärtige Krisensituation (Klimawandel, Hungersnöte, Kriege in der Welt, Migration) eingebrockt haben. Und nun wollen sie auch noch weitermachen, obwohl sie noch nicht einmal aus den selbst angerichteten Krisenherden herausfinden können.“

Das stimmt zum Teil ja auch, jedenfalls, was die jeweils neuesten Errungenschaften im Bereich insbesondere der Kommunikationstechnologien angeht. Wer von den Jüngeren fragt sich schon, ob der Sprung in die künstliche Intelligenz nicht noch tiefer in die sogenannte „Allmacht der Technik“ führt und damit die Menschheit auf Dauer überfordert. Wer von ihnen kümmert sich um Vorsorge?

Das Verdikt der Jungen gegen die Alten trifft aber nicht zu hinsichtlich der historischen und philosophischen Grundlagen, auf denen die menschliche Welt beruht. Dabei ist genau über diese ‚Basisdaten‘ (wie der moderne Sprachgebrauch es nennen könnte) nachzudenken. Über sie wenigstens im Grundsatz Bescheid zu wissen, ist heute vielleicht wichtiger als je zuvor. Und der Vorwurf ‚total veraltet‘ zu sein, ist schon gar nicht gerechtfertigt, zumindest nicht in Bezug auf die Lebens- und Geschichtserfahrung der älteren Generation.

Hier steht dem Mann sofort das Beispiel des Gesprächs eines deutschen Kanzlers mit dem russischen Staatschef vor Augen – unmittelbar vor dem Beginn des russischen Angriffs auf die Ukraine: Dieser Kanzler spricht sicher mit den besten Absichten von der

Unvorstellbarkeit eines Krieges im heutigen Europa – und wenig später gibt der Kremlherrscher den Angriffsbefehl. Hier zeigt sich vieles, primär wohl, wie schnell die Fähigkeit zu einer realistischen Lagebeurteilung auf beiden Seiten verloren gehen kann. Bloße Gutwilligkeit ist jedenfalls absurd in Staatsgeschäften. Genau so wie die gutgemeinten, aber abwegigen Schlagworte „Friedensdividende" oder „Staatsraison". Mehr Nachdenklichkeit ist gefordert. So kann z.B. Staatsraison dem Sinne nach nur für e i n e n Staat Geltung haben: für den jeweils eigenen nämlich. Alles andere ist Illusion und bloßes Wortgeklingel. .

Denn: Nicht gute oder böse Worte, nicht konstruktive oder destruktive Absichten oder Hoffnungen, so verständlich sie sein mögen, sind in der Politik maßgeblich, sondern letztlich allein die realen Interessen und die objektiven Machtpotentiale, die den jeweils politisch verantwortlichen Staatsregierungen zur Verfügung stehen, Sachprobleme also, die sich, generell gesehen, „hart im Raum" stoßen. So schrecklich das ist und so atavistisch es klingt – Geltung beansprucht immer noch und immer wieder der bereits zitierte, real gesehen eher unchristliche Satz von den ‚Taten, an denen ihr sie erkennen sollt' – furchterregend, aber wahr. Zu glauben, man könne einen zum Krieg entschlossenen Machtpolitiker im letzten Moment durch bloße Worte von der Eröffnung kriegerischer Handlungen abhalten, ist so naiv, dass dieser Glaube Anlass bietet zum Fremdschämen. Denn die reale Welt der Politik ist grundlegend anders.

Diese Feststellung gilt jedenfalls für die Haltung des Mannes, der sich sein Lebtag lang als Freidenker, Agnostiker und Existenzialist verstanden hat, aber zugleich seinen Realitätssinn z.B. an dem erzkonservativen Bismarck geschult hat, obwohl er selbst (als demokratischer Sozialist) die Innenpolitik Politik des ersten Reichskanzlers (bis auf die Einführung der Sozialversicherungen) als reaktionär ablehnen muss, gleichwohl dessen politische Weitsicht und Weisheit insbesondere in der Außenpolitik bewundert (etwa bei dem Friedensschluss im deutsch-deutschen Krieg 1866).

Auch die auf anderer, wohl eher praktischer Ebene liegenden Gründe für die oft erhobene Behauptung der meisten Jüngeren, keine Zeit zu haben für politisches Engagement, stimmen nur zur Hälfte und damit nur vermeintlich. Dies ergibt sich schon dann, wenn man die einfache Konsequenz der Ohne-Mich-Mentalität bedenkt. Die Demokratie lebt nur, wenn sich ihre Staatsbürger für sie interessieren und und engagieren, d.h. sich selbst in eigener Person, tatkräftig für sie einsetzen. Sonst kommen Extremisten von rechts und/oder links an die Macht oder bilden, wie zu Zeiten der Weimarer Republik, gemeinsam (trotz ihrer Gegensätzlichkeit) ein systemsprengendes Kraftpotential. Das müssten zumindest alle Deutschen aus der erlebten oder nacherlebten jüngeren Geschichte wissen. Aber sie nehmen diese Erfahrung der Älteren nicht wahr oder nicht ernst und beherzigen sie deshalb kaum. – Übrigens für die, die keine Zeit zu haben meinen, sich selbst einzubringen: Auch engagierte schriftliche Diskussionsbeiträge sind hilfreich, ggf. als erster Schritt auf dem Weg zu eigener Aktivität vor Ort oder in der medialen Welt. Das Gleiche gilt auch für die Einbringung eigener Positionen in den Meinungskampf, etwa in der Form von SMS, Mails oder konventioneller Leserbriefe oder durch Aktionen im Bereich der Social Media.

Mit solchen Gedanken und Assoziationen könnte er, der Altvordere, die ganze Welt überziehen, obwohl er Schwierigkeiten hat, sich dabei aus dem Stand an alles und jedes erinnern zu können. Aber er kann sich mit Informationsangeboten (wie etwa auch die von Wikipedia, Google oder ChatGPT) behelfen und sein Wissen auf den neuesten Stand bringen, zumindest, was Alltagsinformationen angeht. Und er trainiert täglich, um altersbedingte Erinnerungslücken im Griff zu behalten und um seine Argumente mit ergänzenden Informationen unterfüttern zu können. – ‚Hier‘, denkt der Mann, ‚sollte ich vielleicht beispielhaft darauf hinweisen, dass und wie man sich diesseits und jenseits von Politik (gerade auch jenseits jeder für viele leider immer noch verächtlichen Parteipolitik im engeren Sinne) im Alltag betätigen oder sich nützlich machen kann, um die Verhältnisse zuerst im Kleinen, vielleicht später dann auch in größeren Zusammenhängen zu verbessern.‘

So fällt ihm eines Tages auf, dass sich etwas verändert hat in seiner Straße. Er merkt nicht sofort, woran es liegt, bis er auf dem Freiluftbalkon eines neu errichteten Vorbaus eines sechsstöckigen Miethauses eine auffallend große Europaflagge entdeckt. Dieses blaue Tuch mit den vielen goldenen Sternen, das dem ersten Eindruck nach wie das Symbol für die Leichtigkeit des Sommers erscheint, aber als ein Zeichen für Tatkraft und Entschlossenheit gewertet werden will, ist in seinem durchaus bürgerlichen Stadtteil fast eine kleine Sensation. Hier pflegt man sich mit öffentlichen Äußerungen zurückzuhalten und erst recht mit einer durchaus unüblichen politischen Botschaft. ‚Die Europaflagge passt eigentlich nur zu engagierten Leuten mit wachem Blick‘, denkt der Mann und er beschließt, die Augen offen zu halten für eine engagierte Europainitiative vor Ort. Hier haben sich bisher nur ab und an Kommunalpolitiker aller Couleur für Gespräche mit Bürgern zur Verfügung gestellt; ganz selten auch mal ein ‚verirrter‘ Bundestagsabgeordneter.

Dabei sind solche Aktivitäten wichtig und erforderlich – gerade in einer immer unpersönlicher werdenden Welt, die im Sommer 2024 wieder ein besonders hässliches Gesicht zeigt. Man braucht sich ja nur den Ukrainekrieg, die Palästinafrage oder die Umweltprobleme etwa im Amazonasgebiet vor Augen zu stellen. Die ganze Erde steht unter dem Druck eines Übermaßes an politischen, ökonomischen, sozialen und ökologischen Krisen. Sie scheint an einer Art subkutaner Untergangslust zu leiden. Es bedarf frischer Leute mit Gestaltungswillen und Mut in der Politik, Menschen, denen es um sachliche, selbstbestimmte Lösungen objektiver Probleme geht – im Kleinen und im Großen. Er, der als Kind das Endstadium des Zweiten Weltkrieges noch selbst und bewusst erlebt hat, besonders die angreifende Bomberverbände, sog. Fliegende Festungen, aber auch Tiefflieger, die Jagd selbst auf Zivilisten gemacht haben, er, der vor und nach der totalen Niederlage Deutschlands auch die Not der Nachkriegszeit und dabei das Elend insbesondere der Flüchtlinge gesehen hat, ist von einer tiefen Sehnsucht nach Frieden erfüllt. Dabei hat er aber nie das Prinzip „si vis pacem, para bellum" vernachlässigt. Vor diesem Hintergrund denkt er seit eh und je über konstruktive Lösungsansätze für Konflikte nach. Er ist sich klar darüber, dass in den beiden ersten beiden Jahrzehnten nach der Jahrtausendwende zu wenig und zu wenig konkret geschehen ist, um die entstandenen Konflikte durch konkrete politische Lösungen einzuhegen.

Immerhin gibt es in seinem Wohnumfeld kleine graswurzelbewegte politische Basisaktivitäten, die ihn an seine eigenen Anfänge erinnern. So spricht ihn vor einem Info-Tisch, wie er ihn früher auch selbst aufgebaut hat, eine junge Frau an und hält ihm ein Flugblatt mit einem roten Kugelschreiber entgegen mit den Worten: „Vielleicht nehmen Sie sich mal Zeit dafür?" – Er lächelt sie freundlich an und antwortet bewusst aufgeschlossen: „Danke, ja, Genossin!" Und er freut sich über ihr überraschtes Gesicht. Hier hat er auf einfachster Ebene als Motivator wirken können.

Das Leben in seiner Intensität meldet sich aber auch auf ganz andere Weisen zurück. Ausgerechnet während seines obligatorischen Mittagsschlafes, den er wegen seiner unendlichen Müdigkeit eingeführt hat, bekommt er z.B. immer wieder mal unerbetene Anrufe von abgetretenen Aktivisten aus seiner langen Dienstzeit, die auf ihn inzwischen oft wie Quälgeister wirken. Um sie nicht zu ernst zu nehmen und deren Traumteufeleien besser aushalten zu können, hat er sie für sich zu Traumteufeln ernannt. Es gibt mehre. Drei davon gehen ihm besonders auf die Nerven. Aber er fühlt sich ihnen aus alter Kollegialität verpflichet:

– Traumteufel 1 klagt, ihm sei heute sehr schlecht, ob er mit ihm einen Spaziergang an der Außenalster machen wolle. Das werde auch ihm selbst gut tun, sehr gut sogar. Sie könnten über alles sprechen. Und schon beginnt er seinen Monolog: Die Politik von heute sei ja nicht mehr auszuhalten. Sie bestehe nur noch aus vorgestanzten Sprechblasen. Am meisten habe er sich geärgert über die Bemerkung eines kecken Politikers, der im Wahlkampf gesagt habe, „wer bei ihm Führung bestelle, bekomme sie auch!" – Ja, und nun? Wo ist er? Er habe (erstens) noch nicht einmal das Kommunikationsverhalten seiner Kollegen im Griff noch finde er (zweitens) rechtzeitig tragfähige Kompromisse, so dass die Regierung dabei sei, im Streit unterzugehen. Es helfe eben nicht genug, so etwas als einen ‚demokratischen Prozess' zu bezeichnen, dabei aber zu übersehen, dass die Glaubwürdigkeit der Regierung zum Teufel gehe.

– Traumteufel 2 ist verzweifelt. ‚Siehst du, welche Schulden die Regierungen von Bund und Länder heutzutage machen? Wollen sie diese Kredite überhaupt je zurückzahlen? Ich sage dir, aus unserem guten Geld machen sie Assignaten. Und sie nennen „Sondervermögen", was reine Schulden sind. Früher oder später entsteht voraussichtlich eine Hyperinflation mit allen Konsequenzen für die Wirtschaft und ihrem Über- und Unterbau. Bei vorausgegangener eigener Untätigkeit ruinieren diese Staatskapitalisten aus mangelnder Voraussicht und jetzt auch aus Not und Angst vieles von dem, was wir erreicht haben. Wie weit darf die Gier nach Macht bzw. Machterhalt gehen?' Und er fährt fort: ‚Unser Sozialstaat steht auf tönernen Füßen, schon allein deswegen, weil die Politik die Migration nicht in den Griff bekommt, obwohl sie sich auf allen Ebenen zu bemühen scheint. Zugleich ist auch noch ein Sicherheits- und Überwachungswahn ausgebrochen, der zusätzlich den freiheitlichen Rechtsstaat gefährdet. Dabei besteht der eigentliche Mangel darin, dass diese Regierung keine klaren politischen Prioritäten setzt; dies noch nicht einmal in ihrer sogenannten Friedenspolitik. Wir helfen zwar der Ukraine gegen den imperialen Anspruch Russlands. Gut so. Aber wir Deutschen tun es ängstlich und zögerlich und überschätzen unsere dauerhaften finanziellen Möglichkeiten. Wir sind lahm und langsam und handeln nicht schnell und konsequent genug. Der anfängliche Attentismus z.B. in Sachen Ukraine kommt uns teuer zu stehen. Zu späte und zu geringe Hilfe bedeutet letztlich keine Hilfe. Wir wissen doch, worauf das alles hinauslaufen kann: auf Massenarbeitslosigkeit, Radikalisierung, Instabilität und letztlich Krieg. Denn Russland respektiert keine Schwäche, sondern bestraft sie schon jetzt mit hybrider und asymetrischer Kriegsführung, z.B. durch Angriffe auf unsere digitale Infrastruktur, den Einsatz irreführender Internetbots und neuerdings nicht etwa nur mit seiner schon immer wirksamen Spionage, sondern durch konkrete Anschläge auf oppositionelle und daher missliebige Personen – und das selbst in Deutschland.'

– Traumteufel 3 schließlich konzentriert sich mit seiner Kritik auf die Innenpolitik und regt sich auf über die Politik der demokratischen Parteien, deren Geschichte auf die Anfangszeit unserer Republik zurückgeht. Dieser sehr spezielle Traumteufel beruft sich dabei ausgerechnet auf den Anfang der dreißiger Jahre wirksamen rechtsextremen Staatsrechtler Carl Schmitt, Wegbereiter des Nationalsozialismus, der u.a. das Verhältnis der Parteien in der Weimarer Republik zueinander als Freund-Feind-Denken qualifiziert hat und das als Chiffre für die mangelhafte Funktionalität der Demokratie überhaupt gemeint hat. In unserer Demokratie auf Basis des Grundgesetzes drohe der prinzipielle Konsens der traditionell demokratischen Parteien verloren zu gehen, beklagt Traumteufel 3 und kritisiert die damit verbundene Relativierung, wenn nicht gar die Aufgabe gemeinsamer Werte. Von einer ‚Solidarität der Demokraten' jedenfalls sei nicht mehr viel zu spüren, sagt er, die Parteien behandelten sich tatsächlich häufig wie Feinde. Das werde besonders deutlich, wenn sie geradezu verächtlich miteinander umgingen, und das selbst im Bundestag.

Den Traumteufel 3 hört sich der Mann geduldig an, denn der ist in seiner aktiven Zeit ein aufrichtiger Zeitgenosse mit großer Zivilcourage gewesen. Aber die ständigen Wiederholungen gleicher Argumente reizen und ärgern den Mann. In der Tat: Er ist noch nicht zu Ende. Er muss immer noch ‚einen oben drauf' setzen: Es kommt sein letzter Punkt, wie üblich: Jetzt machen die politisch Verantwortlichen auch noch Schulden im Übermaß und vernahlässigen die längst überfällige tiefgreifende Rentenreform z.B. im Sinne einer Einheitsversicherung. Später werden sie verkünden: ‚Volk, du musst sparen und den Gürtel enger schnallen. Irgendwoher muss das Geld ja doch kommen!' Bisher sei die Ichsucht jedenfalls immer größer, fast grenzenlos geworden. Man erkenne das auch an dem Egoismus branchenbezogener Streiks und an der Streiklust insbesondere hochbezahlter sog. Eliten.'

Zu Recht darf hier übrigens von Traumteufeln gesprochen werden. Traumteufel sind in den Augen des Mannes in den meisten Fällen Figuren, die immer noch so auftreten, als seien sie im Besitz ihrer Macht, ihrer Einflussmöglichkeiten, ihrer privilegierten Informationen und ihrer Reputation von früher. Von einigen Ausnahmen abgesehen, sind sie in Wahrheit oft sog. Yesterdaymen, wenn sie nicht schon gestorben sind. Jedenfalls hören sie zumeist nicht mehr auf Gegenargumente. Häufiger mal tragen sie ihren Altersfrust sogar in die Talkshows und meinen, mit ihren Ratschlägen noch einmal die Welt retten oder verbessern zu können. So verkümmert politisches Engagement zu Selbstdarstellung. Diese Art von Traumteufeleien stört seinen Schlaf nachhaltig.

‚Leute', denkt er laut – und hat dabei seine Mitbürger im Sinn –, ‚nicht dass ich euch Illusionen auftischen will. Auch ich, und das weiß ich genau, gehöre zu diesen Alten und käue die vergangenen Zeiten selbst auch zu gern wieder. Dabei habe ich allerdings einen Vorteil: Ich will nicht mehr sein, als ich bin. Insofern versuche ich zu bleiben, um was ich mich schon während meiner aktiven Dienstzeit zumindest bemüht habe: ein nach vorn denkender Mensch, der sich, wenn auch nur mit beschränktem Wirkungskreis, in der Sache engagiert.' Dabei hat er natürlich auch große und kleine Fehler gemacht. ‚Aber die Richtung hat gestimmt‘, denkt er, ‚und was die Fehler angeht‘, stellt er heute gelassen und ohne großes Bedauern fest: ‚Wo gehobelt wird, fallen Späne; und ich habe eben viel gearbeitet‘.

Trotz aller Misshelligkeiten im politischen Raum, die ihn bis in seine Träume verfolgen – richtig besehen, ist er ja sein eigener Traumteufel – schaut er sich auch in seinem jetzigen Leben noch immer um nach faszinierenden Menschen, insbesondere nach solchen aus dem Kulturbereich. Und das Erstaunliche ist: Er findet durchaus Interesse. Sie gehen auf ihn ein. Aber er hält sich wohlweislich weitestmöglich zurück. Er ist ja nicht auf der Suche nach Kontakten, die über Gespräche hinausgehen.

Lieber bleibt er an seinem Schreibtisch und arbeitet an Aufsätzen z.B. über Sinn und Zweck des Begriffes „Staatsraison“. Ihn ärgert schon lange, mit welcher vermeintlichen Chuzpe die etablierten Parteien in Deutschland meinen, damit ihre dem Grunde nach absolut richtige Wiedergutmachungspolitik Israel gegenüber untermauern zu können. Dabei stellen sie einen gut klingenden, aber wohlfeilen und letztlich leeren Begriff in den politischen Sprachraum; dieser hat keine Bedeutung, außer einer angemaßten Symbolik. Oder will jemand zur Verteidigung des Staates Israel deutsche oder europäische Truppen in den Nahen Osten schicken? Jeder halbwegs nachdenkliche Mensch müsste doch wissen, dass eine wirksame Zwei-Staaten-Lösung nur durch Blauhelme der Uno (z.B. mit Truppen aus Südamerika oder einer anderen wirklich neutralen Weltregion) in die Wege geleitet werden könnte. Selbst Supermächte – Russland hat sich durch den Angriff auf die Ukraine von vornherein selbst disqualifiziert – kommen dafür nicht in Betracht; ferner weder die USA noch China noch auch Indien. Zu verflochten sind diese Staaten in ihren kontroversen Großmachtinteressen. Und solche

Staaten haben teilweise, wenn man manche ihrer Führungsfiguren betrachtet (von Trump bis Putin), ihre ganz eigenen brandgefährlichen Probleme. ‚Man darf sich hier prinzipiell nicht – weder politisch noch persönlich – auf andere Mächte und Menschen verlassen. Vielmehr muss die UNO und im Grunde jeder einzelne Mensch seinen konkreten Beitrag zum Frieden leisten', denkt der Mann. Er selbst hat nach einem aktiven Berufsleben in Politik und Verwaltung auf unterschiedlichen Feldern über Lösungen nachgedacht, die er auch veröffentlicht hat, um einen bescheidenen Beitrag zur öffentlichen Diskussion zu leisten. So arbeitet er in Hinblick auf die akuten Probleme in Nahost an der Substantiierung folgenden Statements – in der Hoffnung, und sei sie noch so klein, damit die Diskussion über den zwingend erforderlichen Friedensprozess zwischen Israelis und Palästinensern zu fördern:

Frieden für Palästina

In Anknüpfung an den von Yitzhak Rabin und Yasser Arafat ausgehandelten Lösungsvorschlag (Oslo-Abkommen) und entsprechend der Beschlusslage der Vereinten Nationen zur Palästinafrage ist von einer Zwei-Staaten-Lösung auszugehen und damit von dem Grundgedanken, dass die Palästinenser über ein eigenständiges und souveränes Staatsgebiet verfügen müssen, auf dem sie sicher leben können – genau wie die Israelis auf ihrem Staatsgebiet. Diese Grundsatzentscheidung muss und kann Israel zugemutet werden; und dies trotz der damit verbundenen Problematik (insbesondere der israelischen Siedlungen im Westjordanland). Gerade hier, aber auch in der gesamten Region Israel - Palästina, ist Handlungsstärke angesagt: Mut gepaart mit Bedachtsamkeit und Gelassenheit. Vor allem aber bedarf es auf beiden Seiten einer echten politischen Führung, die von der Idee der Toleranz überzeugt ist (siehe die Ringparabel von Lessing in ‚Nathan, der Weise'). Wehrhafter Pazifismus ist das Gebot der Stunde. Diese Führung muss sich noch bilden. Zunächst wird es einer politischen Leitung mit Autorität bedürfen, die nur von der UNO gestellt werden kann. Denkbar und besser wohl als die Einsetzung e i n e s Generalkommissars zur Konfliktlösung wäre die Bestellung eines Z w e i e r t e a m s nach dem altrömischen videant consules-Prinzips etwa unter dem Namen ‚UNO Kommission - Frieden für Palästina‘). Diese erfahrenen Führungspersonen müssen die politische Macht provisorisch im wohlverstandenen Sinne völkerrechtlich legitimierter Staatsgewalt innehaben und ausüben. Sie sind gehalten, mit einer auf klaren Überzeugungen beruhenden, rechtsstaatlich ausgerichteten Konzeption weiser politischer Führung anzutreten, motiviert von unbedingtem Durchsetzungswillen und von fast übermenschlicher Risikobereitschaft und Geduld. Sie müssen ganz pragmatisch über handlungsfähige Potentiale verfügen, z.b. über ausreichende Finanzmitteln nebst Kommunikationskapazitäten, ausgestattet sein mit einem kompetenten Arbeitsstab und ausgerüstet mit einem robusten und effektiven Mandat der UNO, das ausreichende polizeiliche, militärische und justizielle Kapazitäten bereitstellt, die zugleich dem Selbstschutz dienen. Jedenfalls bei hohem Anspannungsdruck oder bei höchster realer Gefahr müssen diese polizeilichen und militärischen Kräfte unter dem unmittelbaren Befehl der verantwortlichen UNO-Kommission vor Ort stehen. – Zur politischen Unterstützung eines solchen Teams von engagierten, risikobereiten Friedenstiftern könnte auch eine internationale Bewegung etwa unter dem Namen ‚Frieden für Palästina‘ gegründet und entwickelt werden, die Friedenssicherung, soziale Gerechtigkeit und Klimaschutz unter ein regionales Dach in Nah-Ost zu bringen sucht und diese Aufgabe als paradigmatisch angelegte Daueraufgabe begreift. Hier könnte mutatis mutandis ein Leitmodell für die Bewältigung anderer Krisenherde auf der Welt entstehen.

Der Mann gibt die Hoffnung nicht auf, dass aus der aktiven Politikergeneration erfahrene, aber noch jüngere Führungspersölichkeiten antreten, die willens und fähig sind, diese Aufgabe zu übernehmen. Angesichts der realen Gefahr eines Dritten Weltkrieges kann es nur diesen sehr ernsthaften Appell geben: Schafft mit allen rechtsstaatlichen und sozialen Mitteln Frieden für Nahost! Beispielgebend auch für die Lösung anderer gewalttätiger Konfliktherde in der Welt!

$$\Omega$$

Nachwort

Dieses Buch versammelt in kurzen Geschichten reale und fiktive Begebenheiten, die existentielle Situationen menschlichen Lebens auf den Punkt bringen. Die einzelnen Geschichten und Szenen sind Momentaufnahmen. Im Ganzen gesehen, versteht sich dieses Buch als eine Flaschenpost für die Menschen, die sie finden.

Die Phantasie ist grenzenlos und dazu hat sie jedes Recht.

Gerade auch deshalb sollte niemand auf den Gedanken verfallen, er, sie oder es sei gemeint. Zu erinnern ist in diesem Zusammenhang an Simone de Beauvoir, die in ihrem Roman "Les Mandarins" Robert Dubreuihl ("Sartre") zu Henri Perron ("Camus") sagen lässt: "In einem gekrümmten Raum lässt sich keine gerade Linie ziehen." – ein höchst nachdenkenswerter Satz, der stimmt, aber keinesfalls unbedingt immer und überall.

HHW